ガーランド

- 獣人オメガバース -

［上］

|小説|

葵居ゆゆ

YUYU AOI and HANA HASUMI

|原作・イラスト|

羽純ハナ

GARLAND JUJIN OMEGAVERSE

Contents

YUYU AOI and HANA HASUMI

はるか昔、様々な獣を従えて暮らしていた人間は

ある時からお互いに傷つけ合い、争いばかり繰り返した。

人間に失望した神は、

獣に＜力＞と＜知恵＞と、＜人の身体＞を与え、

世界へばら撒いた。

そして神は、獣人と人間が交われるよう、

男女の性別のほかに＜二つ目の性＞を与えた。

人間と獣人

人間
向上心があり、身分や種族を強く意識する傾向にある。
最も多い種族。

獣人
優れた知性を持っているが、そのぶん仲間意識が強く、
異種族を受け入れにくい習性がある。
繁殖能力が低いため年々人口は減り続け、
現在は人間の3分の2程しかいない。

交配

種族、性別関係なく交わることができる。

ただし、獣人を産むことができるのは人間のΩだけであり、これは、「獣人と人間が共存するために神が定めた」という言い伝えがある。

第二の性

「第一の性」と呼ばれる男女の性別のほかに、全ての人間と獣人に与えられた性のこと。

α《アルファ》、β《ベータ》、Ω《オメガ》という種類があり、それぞれの特性により、社会の中での階級も決められている。通常、5～10歳くらいまでの間に検査を行い、性が判明する。

ただしΩに関しては、発情期以外でも常に微弱なフェロモンを発しているため、鼻の効く獣人なら見分けることが可能。

α（アルファ） ―― 性質 ―― 知性や能力に優れ、カリスマ性を持ち合わせている	人口は非常に少なく、中でも獣人のαは稀少。 上流階級の役人や貴族に多く、組織をまとめる立場に就くことがほとんどである。 獣人のαには牙や角を持った者が多く、リーダーシップに秀でている。 人間・獣人共に、Ωの発情フェロモンに反応すると、理性を抑えるのが非常に難しい。
β（ベータ） ―― 性質 ―― 能力、体格とも平均的	人口は最も多く、庶民階級の者がほとんどで、家柄も様々。 Ωの発情フェロモンにわずかに反応するものの、自制が可能。
Ω（オメガ） ―― 性質 ―― 男女関係なく妊娠することが出来る	人口はαよりも更に少ない。10代の後半頃から発情期が訪れ、その性質から社会的地位が低く、まともな教育を受けていない者が多い。 **発情期：3～5ヶ月に1度の周期で1週間ほど訪れる。** その間は、常にフェロモンを発しαを引き寄せてしまうため、日常生活もままならない。 獣人のΩは存在しておらず、伝承の中でしか確認されていない。

番《つがい》

αとΩの間のみに結ばれる契約で、番になった者同士は他の者と関係を持つことはない。

ー番の契約ー

発情期中のΩの首にαが噛み付くと消えない痕が残り、契約の証となる。

契約を交わすと、番同士でしか肉体関係を持てなくなる。


また、発情期に反応して誤って首に噛み付き、番の契約を結んでしまわないためにΩに首を保護する特別な首輪をつけさせることもある。

魂の番

本人の意思に関係なく、魂で繋がった番。

たとえ憎み合っていても離れられず、特にαは自分の番以外の者には肉体的に反応しなくなる。発情期を迎え済みのΩとαの間でのみ自覚することができる。


ただし、魂の番に出会う事は非常に稀で、魂で結ばれた相手に出会わないまま一生を終える者がほとんどである。

獣人の子供

ー上流階級の獣人αの場合ー

獣人は繁殖能力が低いため、上流階級の優秀な獣人αは、番を持たず複数の人間Ωと交わり、より多くの子孫を残す慣習がある。

そのため、大きな屋敷には、身元の確かな発情期中のΩを囲う部屋（ハーレム）が設けられている。

また、獣人の子供を産んだΩには、その獣人一族から、一生安泰に暮らせるだけの報酬が支払われるよう国で義務付けられている。

ーその他の獣人の場合ー

獣人同士や、Ω以外の人間と獣人が結婚をした場合、子供を授かることがないため、公的機関を通じて人間Ωに代理出産を依頼したり、施設から獣人の子供を引き取ったりして育てることが一般的。

また、裏では獣人の子供を高値で売る闇取引も存在している。

ジル・ミュラー

人間のオメガ。

ミュラー家の実子。美しい見た目に反し、オメガとしての生き方を受け入れられず、反抗的な態度を取る。

ミュラー家

古くからある由緒正しいオメガの家系。

獣人貴族の子供を産むためのハーレムに、育成したオメガを派遣することを商売にしている。

ミュラー家の血筋のオメガに加え、他貴族のオメガを引き取り教育するため、屋敷には常に十数人のオメガが在籍している。

郊外に屋敷を構え、中堅の貴族を相手に栄えてきた歴史を持つ。

在籍オメガのシステム

幼少期から上流階級向けの振る舞いや芸事を徹底的に仕込まれ、見た目や技量によりランク分けされている。

ハーレムに預けられるまでは、屋敷の外に出ることは禁止され大切に育てられる。

成人（18歳）以降、貴族のハーレムに入ると一定期間を子供を産むために過ごす。その後、家に戻されると、再び別の貴族のハーレムに入る。ただし子供をなさずにいるオメガの価値は下がっていく。

また、年齢によりハーレム入りから外れたオメガの多くは、屋敷で若いオメガの育成に携わる。

報酬

ハーレムに派遣する際は、オメガのランクによって支払われる額が決まる。

また、派遣したオメガが子供を産んだ時は、貴族の資産に応じた額が支払われる。

支払われた対価はミュラー家とオメガ本人で折半となる。

ディエゴ＝テオドール・ジークフリード

黒い狼の獣人アルファ。
国一番の貴族・ジークフリード家の三男に生まれ、不自由なく愛されて育つ。

アルバート・ラインハルト

大型猫科の獣人アルファ。
ミュラー家の近くに屋敷を構える貴族・ラインハルト家の跡取り。

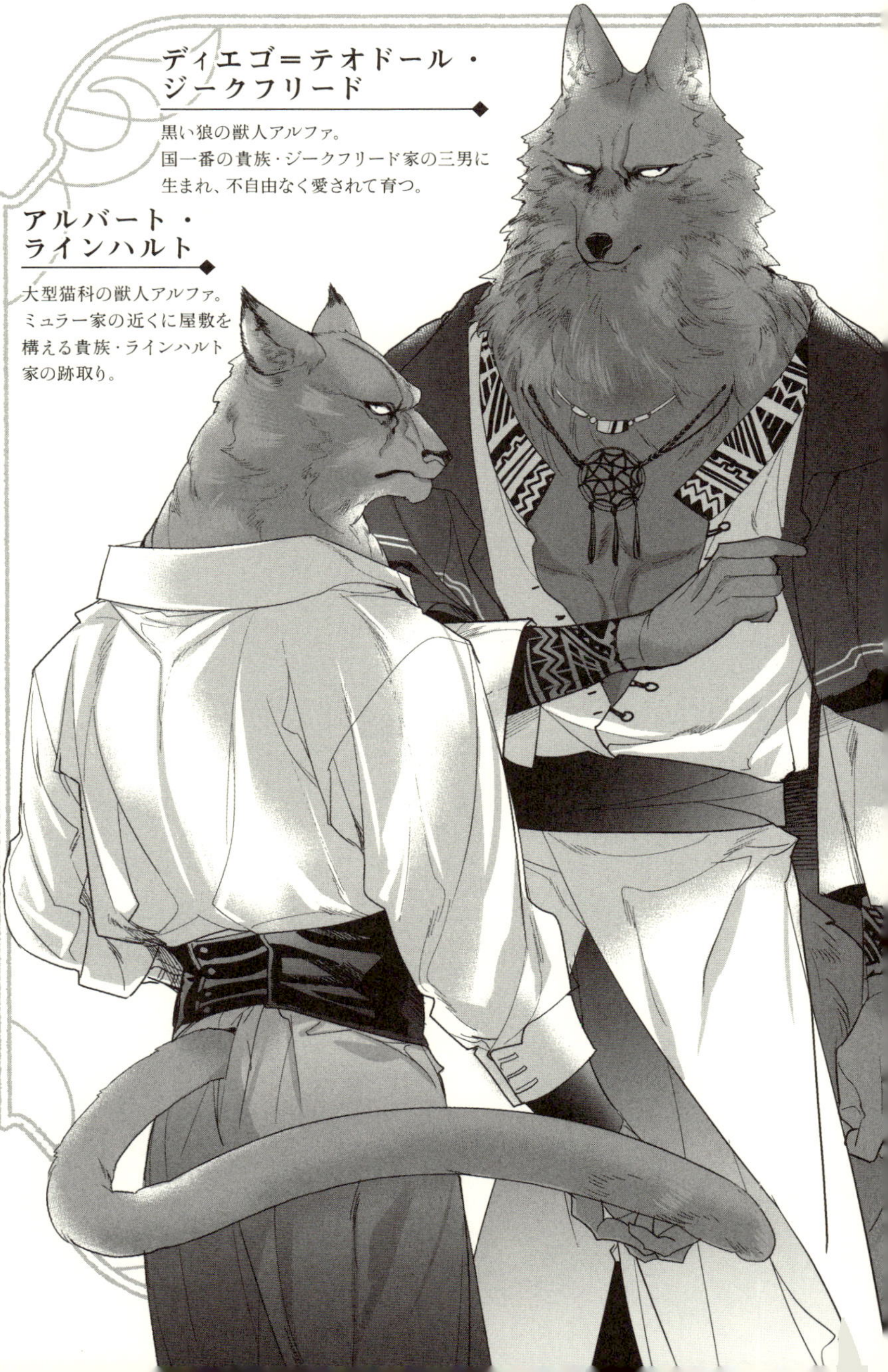

Illustration
羽純ハナ

ガーランド

-獣人オメガバース-

上

プロローグ　小鳥

あざやかな黄色をしたその小鳥を初めて見たときは、たまらなく胸が高鳴った。

つぶらな丸い瞳。

首をかしげたり移動したり、休みなく動くちいさな体。

鳥籠の中で飛びまわっては可憐《かれん》なさえずりを聞かせてくれ、触れればほんのりとあたたかい。

折り紙とは違う、本物の小鳥はジルを虜《とりこ》にした。

飽きずに眺めながら、大切にしよう、と心に誓った。

礼儀作法も楽器も歌も、折り紙も織物も刺繡《ししゅう》も――オメガが愛玩されるためのレッスンはどれも楽しくなかったけれど、生きものは好きだ。

プレゼントしてくれた幼馴染みのアルバートには感謝したし、部屋にいても、小鳥の声を聞けば森にいるような気分になれた。

大事な、大好きな宝物。

大切だったから、小鳥にはなんでもしてやりたかった。

だから、籠から出してあげたのだ。

小鳥が羽ばたくと、大きいはずの鳥籠は窮屈そうで、この子もきっと飛びたいだろうと思えたから。

ジルがもし鳥だったなら、絶対に大空を飛びたい。

真っ青な空を風を切って、森の深い緑の上を、どこまでも、どこまでも飛んでいきたい。

少しでも自由にしてやりたくてジルが鳥籠の扉を開けると、小鳥は元気よく飛び出した。

嬉《うれ》しげに円を描いて天井近くを飛んだ小鳥は、窓の外の空に気づくと、まっすぐにそちらに向かった。

「――!」

声を上げる間もなかった。

かたく閉ざされた硝子《ガラス》に小鳥はぶつかり、にぶい音をたてて落ちてくる。

慌てて抱き上げたジルの手の中で、かよわく何度か鳴き、震えて、やがて動かなくなった。

まだあたたかいのに、いのちを無くした体は急に色を失ったように見えた。

少しずつ冷めていく骸《むくろ》を手のひらに乗せ、ジルは長いあいだ動けなかった。

(私のせいだ)

青い空が見えたなら、小鳥が喜んでそちらを目指すことくらい、わかっていたはずなのに。

そのうち、食事の時間になっても部屋から出てこず、使用人たちの呼びかけにも応じないジルを案じて、兄弟たちがやってきた。

部屋の真ん中で座り込み、小鳥を手に包んだジルを見て、兄は呆《あき》れ顔だった。

「馬鹿だな、ジルは。どうして籠から出したりしたんだよ」

　意地悪な兄に刃向かう気力も、今日はなかった。

「……私が、窓を開けておかなかったからだ。ちゃんと開けておけば、死なせずに、広い世界に出してあげられたのに」

「またそんなこと言って」

　兄はため息をついた。

「窓を開けておけばよかった？　外に出ればカラスやタカに襲われて死ぬだけだ。籠の中で愛《め》でられるために生まれてきた鳥なのに、かわいそうじゃないか」

「でも飛びたがってた！」

　ジルは兄を睨《にら》みつけた。胸の奥から熱いものがこみ上げてくる。

「ずっと見ていたからわかるんだ。いつも籠の中で羽ばたいて、もっともっと飛びたがってた。あのきれいな歌声だって、本当なら森で仲間と会話するためでしょう。こんなところに閉じ込めておかれるほうが、ずっとかわいそうだ」

「……どうしてそんな、自分勝手なことばっかり言うんだよ」

　顔を歪《ゆが》めた兄は冷たく吐き捨てた。

「自分がいやだからって、鳥が大切に愛されるのをいやがると思い込むなんて勝手だよ。鳥を出してやりたかったのは、本当に鳥を思いやってるからじゃないくせに。自分がここから出ていけないからだろう」

「ちがう！　そんなんじゃない！」

「ちがわないよ、ただのひとりよがりだ。レッスンもいやだ、家に閉じこもっているのもいやだって、いつもわがまま言って母様を困らせてばかりだもんな」

「――」

「俺たちはオメガなんだぞ」

兄は誇らしげに胸を張った。

「生まれつき大切に愛してもらえる、特別な存在なんだ。母様もいつも言っているじゃないか。なのにどうして、せっかくの幸せを捨てて、苦労ばかりの外の世界になんか出ていきたがるんだ？」

「それは……」

「小鳥だって同じだ」

憎悪さえこもった眼差しで、兄はジルを見下ろした。後ろでは弟までが、ジルを蔑《さげす》むような、憐《あわ》れむような目で見ている。

「その小鳥は森で生まれたわけじゃない。愛玩されるために人が育てた鳥だから、大切に飼われなければ生きていけないし、人に愛されるのが幸せなんだ。それをおまえのわがままで逃がそうとするから、無駄に死なせたんだぞ。籠の中で大切にされていれば、小鳥は明日だって、来年だって歌をうたっていられたのに」

ジルは硬くなっていく手の中の小鳥を見つめた。

兄の言葉に納得できたわけではなかったけれど、反論はもう、できなかった。

ジルだって小鳥を愛していた。だからこそ、外に放してあげたかった。

ひとも鳥も、本当なら、どこでだって生きていけるはずなのに――現実にはきっと、兄の言うことが正しいのだろう。

小鳥は死んでしまった。

(……私と、小鳥は同じなんだ)

ジルはオメガだから、ここから出てはゆけない。オメガは、籠の中の鳥なのだ。

愛でられるかわりに外へ出ることは許されず、無理に出ていけば生きられる場所のない――飛べない鳥だ。

第一章　出会い

裏の畑でハーブを摘むのは、ジルの好きな仕事のひとつだった。

ペパーミントにカモミール。ディル、バジル、ローズマリー、パセリ、フェンネル。

いい香りのするハーブを摘むのは心地よいし、小さな虫たちが土の上を行き来しているのを見るのも楽しい。

料理人のステラに頼まれた数種類を摘み取ってかごに入れていると、植え込みの向こうから声がした。

「ごめんください。村から配達に来ました」

いつも食料品を届けに来る使いの者だ。ジルはいそいで声のしたほうに背を向け、姿を見られないよう、屋敷の裏手の斜面を登った。

裏口から見えない木陰を選び、ゆるやかな斜面を一度下ってまた登ると、木々のあいだから村を見下ろせる場所に出る。ジルは村を眺めながらため息をついた。

こぢんまりとして可愛らしい村は、バーネルードの首都セントラルから馬車で一時間ほど離れた場所にある。

その村にほど近い、小高い丘の上に建っているのが、ジルの生まれた家——ミュラー家の屋敷だった。

屋敷から村までは一キロほどの距離で、歩いても行ける。けれどジルは、使用人たちが気軽に出かけるあの村にも行くことができない。それどころか、使いの者から品物を受け取ることさえできなかった。ミュラー家のオメガは、みだりに屋敷外の人間には姿を見せない決まりになっている。

オメガは大事な「商品」だからだ。

バーネルードでは、貴族のもとにオメガを派遣するのを仕事にしている家がいくつか存在している。

報酬を受け取るかわりにオメガを一定期間預け、そのあいだに子供が生まれれば、特別報酬がもらえるという仕組みだ。預けられたオメガが相手の貴族と番《つがい》になることはほとんどなく、一度子供を産んだあとはもとの家に戻り、また別の屋敷へと派遣されることが多い。

ミュラー家は、そうしたオメガを派遣する家のひとつであり、代々良質なオメガを輩出することで有名だった。顧客には有力な獣人の貴族が名を連ねている。

ジルはそんなミュラー家の、直系の子供として生まれた。

艶《つや》のある黒髪に憂いを感じさせる灰色がかった深い色の瞳。小さな顎《あご》にまっすぐな鼻梁《びりょう》を持つ顔立ちはミュラー家らしい美しさで、幼いころからいずれはジルを預かりたいと望む貴族もいたほどだ。

だが現在は、ジルは母からも見放された落ちこぼれで、日頃の「反抗的な態度」の罰として、使用人と一緒に下働きをしている。

ジルとしては敢《あ》えて反抗しているつもりはなかった。

けれど、習い事ひとつとっても、なぜそれを学ばなければならないのかと聞いたり、ほかにやりたいことがあると言ったりするのは、ミュラー家のオメガとしてはふさわしくないと、母は考えているのだ。

母やほかのオメガを怒らせたいわけではないから、できるだけ反抗的に見えないように努力したいとは思っているけれど、今日のように作業を中断し、身を隠すときにはやるせない。

「……不便なものだな」

近くて遠い村を眺めるジルの伸ばしかけの髪を、優しい風が乱していく。ジルは無意識に首元の飾りに触れた。

首飾りとは言うものの、見た目はほぼ首輪だ。これをつけなければならないことからもわかる。オメガは皆、透明な籠に囚《とら》われた不自由な鳥なのだ。

与えられた籠の中以外に居場所のない、外に出れば生きていくこともできない存在。自分の境遇はとうに受け入れたけれど、ときどき無性に飛び出したくなる。

たとえすぐ死ぬことになっても、自由に飛べたなら——それはどんなに心地よいだろう。

あざやかな黄色の小鳥を脳裏に思い描いたとき、下から声が聞こえた。

「ジル様、ジル様？　あたしが頼んだのはハーブ摘みですよ、どこまで行ったんです？　あんまりもたもたしてるとバジルが枯れちまいますよ」

ちょっとしゃがれた、遠慮のない、でも親しみのこもった声はコックのステラのものだ。

「ごめんステラ！　今戻るよ」

声を張り上げて返事して、ジルは登ってきた斜面を駆け下りた。

開け放されたままの屋敷の裏口から飛び込み、地下の厨房《ちゅうぼう》に入ると、ステラを手伝う数名のキッチンメイドがくすくす笑う。

「ジル様、また髪に葉っぱがついてます」

「服の裾にも小枝がひっかかってますよ。また森に行かれたんですか？」

「裏の斜面をちょっと登っただけだよ」

昼食の準備と夕食の下ごしらえとで忙しそうなキッチンメイドたちに笑って返し、ジルはかごをステラに差し出した。

「はい、バジルとディル、それとミント」

「どれどれ……ああ、ちょうど味と香りのいいところを摘んできてくれましたね」

太った身体を揺すって、ステラはジルに笑いかけた。

「ジル様はハーブを育てるのも上手だし、鶏《にわとり》の扱いもうまいから助かってますよ」

「じゃがいもを剝《む》くのだってうまいと思うよ。なんでも手伝うから言ってよ」

手近な椅子に腰かけて、山になったじゃがいもの皮をナイフで剝きはじめると、メイドのひとりがお茶を淹れてくれた。

「このあいだメアリーが、洗濯物をたたむのまで手伝ってくれたって言ってました」

「うん、いっぱいあったから」

「ベッドメイクもできるオメガだなんて、きっとジル様だけですよね」

「ミュラー家では私だけでも、世界中を探したら、もうひとりくらいはいるんじゃないかな」

こうして他愛ないおしゃべりをしながら、屋敷の地下にある使用人たちのスペースで働くのがジルの日課だ。数年前から毎日のことなのに、ステラは今でもときどき寂しそうな顔をする。

「ジル様はほんとに働き者ですけどね。でもねえ、いくら使用人の仕事を覚えたって、嫁ぎ先では使いようのない知恵ですよ。奥様もそろそろ、お許しになったらいいのに」

「許すもなにも、母上は呆れて見放しただけだよ」

ジルは明るく笑ってみせた。

「私は気にしていないし、退屈な教養を磨くより、こうしてみんなと働いているほうがずっと楽しい」

それは本音だった。獣人アルファの子供を産むために存在するオメガより、使用人たちのようなベータのほうがずっと自由だから、彼らと一緒に休む間もなく働いていれば、よけいなことを考えなくてすむ。

じゃがいもを剝き終え、特製ドレッシングを作るステラの横で古くなったパンをおろし金で削りはじめたとき、キッチンの入り口からハウスメイドが顔を覗《のぞ》かせた。

「ステラさん、どうしましょう」

彼女は困った表情でエプロンを握りしめる。

「サロンにいらっしゃるオメガの方に、ジュースの追加を頼むって言われてしまったんです」

「ああ、レッスンの合間の休憩用だね。さっきダンたちが出かける前に、たっぷり用意しておいたはずだけど」

「それが、足りないって言われてしまって」

キッチンメイド二人も、困って顔を見合わせた。

「今日は村のお祭りの準備で、男性の使用人が出払ってて、戻ってくるのは昼前よね。……あと一時間半もあるわ」

ミュラー家では古いしきたりが生きている。使用人たちの仕事はきちんと分担が決まっていて、キッチンメイドならキッチンでコックの手伝いだけをする。屋敷の住人であるオメガたちに食べ物を届けるのは、男性使用人の仕事だった。

「いいよ、私が届ける。今日は少し暑いから、先生方もたくさん飲んだんだろう。ステラ、すぐに用意できる?」

ジルはパンを置くと立ち上がりながらステラを見た。

「ええ、もちろん」

ステラは大きな陶器のピッチャーを出しつつ、心配そうだった。

「でもジル様、サロンにはこの時間、オメガの方が何人もいらっしゃいますよ」

「そうですよジル様。いくら届けられる使用人がいないからって、ジル様に頼んだって知れたら奥様もお怒りになるかもしれません」

「でもきみたちが届けたって母上は怒るだろう？　私が届ければ、いやな思いをするのは私だけですむ。それに、皆になにか言われるのは慣れてるから」

任せて、と胸を張れば、メイドたちは困り顔を見あわせる。だが、やっぱり私たちが、とは言わなかった。

ミュラー家では家の中を取り仕切る女主人——ジルの母親は絶対的な存在なのだ。彼女が定めた規則を破りたがる者はいない。

それでも気乗りしない様子のステラが用意してくれたジュースを手に、ジルはキッチンを出た。

薄暗くて狭い使用人専用の階段に向かうと、キッチンに残った女性たちの声が聞こえた。

「奥様は、どうしてあんなにジル様につらく当たるんでしょう」

「さあねえ」

ステラがため息まじりに答える。

「ジル様は、オメガとしては変わってらっしゃるから——なんていうか、奥様とは相性がお悪いんだよ」

優しいステラらしい言い方にひとり微笑《ほほえ》んで、ジルは階段を上がった。

母が聞いたら眉を吊《つ》り上げるに違いない。相性の問題ではなく、ジルが悪いのだ、ミュラー家のオメガとして失格なのだと言うだろう。ジルもそう思う。

物心ついたころからこの屋敷になじめない自分は、たぶん間違えてオメガに生まれてしまったのだ。顔を見るだけで母がため息をついたり、兄弟たちに笑われたりするくらいだから。

階段を上った先、ドアを開けて屋敷の表部分に出る。正面玄関から続く広いサロンは、オメガたちが礼儀作法や芸事のレッスンを受けるのに使われていた。

明るい光が降り注ぐサロンでは、オメガたちが待ちかねた様子だった。

現在ミュラー家にいるオメガは十人以上にのぼる。ジルのように当主の血を引く実子のほかにも、格式高い貴族のもとに我が子を派遣させたいと願う親が、ミュラー家に子供を預けているからだ。

オメガ教育を取り仕切るのは女主人であるジルの母親の役割で、彼女が認めたオメガしか屋敷に滞在することは許されない。そのため、サロンはきらびやかだった。どのオメガも皆美しく、しとやかで品のいい見た目をしている。

もっとも、性格までおしとやかとは限らない。

ジルがサロンの真ん中にあるテーブルにジュースのピッチャーを置くと、誰かが不機嫌そうな声で言い放った。

「いやだわ、よりによってあいつが飲み物を運んでくるなんて。……ね、あなた、あの使用人とは口をきかないほうがいいわ」

「どうして？」

「わたしたちと同じ首飾りしてるでしょう？　あの子、ああ見えてミュラー家のオメガなのよ。なのに奥様の怒りを買って、使用人扱いされてるの」

まだジルがいるのもかまわずに、彼女は話し出しながらジュースをグラスに注いだ。屋敷に来たばかりの後輩に身体を向けつつ、ジルに軽蔑した視線をよこす。

「小さいころにね、この子の美貌ならいずれうちで預かりたいって言って、夏の休暇のあいだ別荘に連れていってくれた貴族様がいたんですって。なのにジルったらその別荘を逃げ出して、奥様を困らせたらしいの。相手の貴族も馬鹿にするのかって怒っちゃって、そのとき一番器量のよかったオメガを二人、渡すはめになったらしいわ」

「せっかくミュラー家に生まれたのに、馬鹿なやつ。特別な生まれで大切にしてもらえる立場なのに、自分からそれを棒に振るなんて」

可愛らしい顔立ちの別のオメガが焼き菓子を取りながら同調する。彼らは小さく笑いあってジルを見た。

「ほんと、馬鹿よね。それで結局隣の領地の貧乏貴族に嫁ぐだなんて、わたしなら絶対いや」

「あの田舎貴族の猫のところ?」

「そうそう。本当だったらミュラー家のオメガなんて、ラインハルト家はとてももらえないのに。息子と幼馴染みだとか言ってるけど、屋敷を抜け出して出会ったたっていうから驚くわよね」

さすがにむっとしたけれど、ジルは言い返しはしなかった。反論すればよけいにいやなことを言われるとわかっているからだ。

実際、彼女たちの言うことはどれも事実で、親に見放されたジルは近くに屋敷を構えるアルバート・ラインハルトのもとに嫁ぐことが決まっていた。

ラインハルト家の人はみんないい人だ。小作人にも慕われる勤勉な一家で、大型猫科の獣人であるアルバートは、ジルにとって大切な相手でもある。

見た目はいかついが気のいいアルバートは幼いころ、ジルが彼から贈られた小鳥を死なせてしまったときも悲しんで、新しい鳥をくれると言ってくれた。もちろん、丁寧に断ったけれど、そんなふうに優しい彼のもとに嫁げるのは、幸せなことだと思う。

使用人と一緒に働いてるのだって、アルバートのところに行くのだって、いやいや従ってるわけじゃない。ジルも納得して受け入れたことなのに、ほかのオメガたちは、その気持ちをわかろうとはしてくれなかった。

無言のままサロンから出ようとすると、ひとりが声をかけてきた。

「ねえジル」

「……なに？」

振り返ると、彼女はにこっと笑った。

「もうすぐラインハルト家に嫁入りだもん、頑張らないとね。大好きなアルバートの子供を産めなかったら、奥様は勘当だって言ってたよ。縁を切られて娼館《しょうかん》に売られるのは、いくらジルでもいやなんじゃない？」

彼女の言葉に、周りのオメガがいっせいに笑った。声を立てずに上品に、けれどどこまでも意地の悪い笑い方だった。

ジルはなにも答えることなく踵《きびす》を返した。使用人だけが使う廊下に続くドアを開け、表とは違って狭くて薄暗い中に身をすべり込ませる。

はあ、とつきたくないため息が漏れて、ジルは壁に背を預けた。

屋敷のオメガたちに悪口を言われるのは今にはじまったことではない。でも、慣れたつもりでいても、心がささくれないわけではなかった。ちくちく痛むのは、ああやって悪口を言われるたびに思い知るからだ。

いかに自分が周りと違うか。そして、母に見放されているかということを。

普通、ミュラー家のオメガが嫁いだ先で子供を産めずに戻ったとしても、また別の屋敷へと派遣されるだけだ。価値は確実に下がるが、見捨てられるわけではない。

でもジルは、派遣しても家の評判を落とすだけだと判断されているから、万が一アルバートに愛想をつかされれば、勘当して商人にでも売ってやると母には宣言されている。

時間と金をかけて磨き上げたはずの「商品」なのに、捨ててしまいたくなるほどに、ジルは母には疎《うと》まれている。

かつて家名に傷をつけただけでなく、日々の生活でも言いなりにならないジルはまったく母とそりがあわず、長年の確執はすでにどうにもならないところまできていた。嫁ぐ前だというのに、使用人に交じって下働きをさせよう、と彼女が考えてしまうほど。

（……私だって、母と喧嘩《けんか》したいわけじゃないんだけどな）

この屋敷は息苦しい。

ジルには逃げる術《すべ》はなく、出ていける唯一の方法が、アルバートのもとに嫁ぐことだった。

正式な日取りはまだ決まっていないけれど、アルバートが結婚の準備を進めてくれているのはジルも知っている。

こんな自分でも迎えたいと言ってくれるアルバートのことは好きだ。家の中では浮いているジルと仲良くしてくれた彼は、ずっと心の支えでもあった。

アルバートの家に嫁げば、今よりきっと幸せになれる。

波乱がなく、遠い場所には行けないかわり、穏やかで——はみ出し者の自分には、十分すぎる幸福が待っているはずだ。

そう思うのに。

（どうして、こんなに気持ちが晴れないんだろう）

ドアを隔てたサロンからは、オメガたちの楽しげな笑い声が聞こえる。狭い廊下の暗がりでひとりその声を聞きながら、ジルは胸を押さえた。

「……どうして私は、オメガなんだろう」

オメガ。

この世界に存在する第二の性のひとつで、人間のオメガは獣人アルファの子供を産むための存在と言っても過言ではなかった。

獣人と人間をつなぐ架け橋と言えば聞こえはいいが、発情期があり、アルファのために存在する自分たちはまるで道具みたいだ。

居心地のいい屋敷から一歩も出ないで、愛玩されて生きるのが幸福だと思えるなら、それでもよかっただろう。

サロンで笑いあっている彼らのように、自分がオメガであることを受け入れ、誇りさえ持って、獣人の子供を産むことだけを願って生きていけたら、どんなに楽か知れない。

けれどジルには、オメガとしての幸せが、なにひとつ幸せだとは思えないのだ。

ジルが幸福だと思うこと、してみたいことは、どれも眉をひそめられ、否定されることばかりだった。

そうして、なぜ否定されなければいけないのかが、ジルにはわからない。

歌に聞く異国に行きたいと思うのは、そんなにおかしなことだろうか。

絵に描かれた遠くの景色をこの目で見たいと思うのは？

嗅いだことのない潮のにおい、海の向こうにあるという国、高い山を越えたその向こう側——そのどれも、知りたくないほうが、ジルには不思議だ。

でも、その好奇心を満たす機会は一生ない。

アルバートは気立てのいい男だが、それでもアルファだ。オメガに期待することはひとつ——獣人の後継ぎを産むことだけ。

(でも、それでもいい。アルバートには恩返ししたいから)

好きだからいい、と考えたのに、手のひらで徐々に冷たくなっていく小鳥の手触りを思い出し、ジルは階段を駆け下りた。

ときどきたまらなくなる。逃げ出したい、飛び出したい衝動が襲ってきて、胸をかきむしりたくなるのだった。

その気持ちを振り払うように勢いよくキッチンに戻り、ジルはステラに笑いかけた。

「無事ジュースを届けてきたよ。次はなにをしようか」

なにごともなかったかのように明るく微笑み、なんでもするよ、と言えば、心配そうだったステラもほっとした笑顔になった。

「それじゃ鶏小屋を掃除するついでに、鶏たちを運動させてきてくださいな。ジル様は生きものがお好きだから」

「まかせて」

「でも、終わったら綺麗《きれい》に湯浴《ゆあ》みしてくださいね。鶏臭くちゃ愛想をつかされちまうかもしれませんからね」

濡《ぬ》れた手をエプロンで拭《ふ》いたステラは、ポケットに手を入れた。手紙を差し出され、封蠟を見る前から、送り主が誰なのかはすぐわかった。

「アルバートから？」

ぱっと顔を輝かせたジルに、ステラもにこやかに頷《うなず》く。

「ええ、もちろん」

彼とはよく、互いの家の中間地点で落ち合って、話をしたり、一緒にサンドイッチをつまんだりするのだ。他愛ないおしゃべりをしながら二人きりの時間を過ごすのは、ジルにとって幸せな時間だった。

その約束は、両家の使用人がこうしてひそかに手紙で取り持ってくれる。

「のんびりしてきていいですから」

ステラは孫でも見るような優しい目でジルを見つめた。楽しんできてくださいね、とキッチンメイドたちにも微笑まれ、ジルはくすぐったく思いながら手紙を受け取った。

大好きなアルバートに会えるのも嬉《うれ》しいが、優しく見守ってくれる使用人たちの心遣いも嬉しい。

「ありがとう、みんな」

はみ出し者だけれど、使用人には恵まれていると、ジルはしみじみ思う。彼らがいなかったなら、この家で生活するのはもっと苦痛だっただろう。

母としては罰のつもりでジルを使用人扱いしているのだが、彼らと過ごす時間が長いからこそ、ジルはどうにか笑っていられる。

息苦しさを覚えながらも、自暴自棄にならずに、生きていられるのだ。


翌日も、いつもと変わりない一日になるはずだった。

昨日と同じようにステラの手伝いをし、庭に鶏たちを放して小屋を掃除する。卵を集めてキッチンに届け、虫や草をついばむ鶏たちを見守りながら草むしりに精を出した。

昨日よりも気分が晴れないのは、アルバートと顔をあわせたときに、それとなく彼に急かされたせいだった。

正式にアルバートの家に引っ越す日取りを決めたいと言われて、ジルは即答できなかった。

ミュラー家では、オメガは十八歳を迎えて成人するまでは貴族のもとに派遣されない決まりになっている。あまりに早く子供を作ると、その後のオメガの身体に負担が大きいためだ。

だが、ジルの場合はアルバートのもとにもらわれていく身だ。

「誕生日を待たずに、うちで暮らしはじめてもいいだろう」というのがアルバートの言い分なのだった。

母と話し合わないと、と言うと、アルバートはそれ以上追及しなかったが、かわりに寝室は自分と一緒で、二人で寝るために新しく大きなベッドを部屋に入れ直しただとか、カーテンもジルの好きな色に変えたいから、一度家に来てくれだとか、楽しそうに話した。

「ジルが自由に使える部屋も用意できてる。織り機も置けるし、折り紙や刺繍糸をたっぷりしまっておける棚だってある。いつでもジルの荷物を運び込んでくれてかまわないから」

熱心にそう言ってくれるアルバートが、心からジルが嫁いでくる日を待ち望んでいるのが伝わってきて、ジルはせつない気持ちになった。

ミュラー家を出ても、屋敷から自由に出られない生活に変わりがない事実をつきつけられて、どうしても気持ちがふさぐ。

同時に、心を許せる幼馴染みと暮らせるのだから、それで十分幸せだ、と思えない自分が申し訳なくもあった。アルバートはこんなにもジルを望んでくれているのに、彼の想いに自分がつりあっていないように思える。

アルバートのことは好きだ。

誰かひとり、この世で一番好きな相手を挙げろと言われたら、迷わずに彼を選ぶ。

一緒にいていつでも笑いあえる、大切な幼馴染みのもとに嫁げるのは嬉しい。

その気持ちに偽りはないのだから、いい加減ちゃんと返事をして、嫁ぐ日取りを決めなければ。

誕生日まではあと三月《みつき》を切った。先延ばしにしたって、いいことはひとつもない。

もやもやしてしまう自分にそう言い聞かせながら草をむしり続け、一時間ほど鶏たちを運動させ、さて小屋に戻そう、としたときだった。最後の一羽を抱き上げて小屋に入れようとした途端、鶏がぱっと羽ばたいた。

「あっ、こら！」

勢いよくジルの腕から飛び降りた鶏は、羽を広げたまま走って逃げていく。風切り羽は切ってあるから飛ぶことはできないのだが、鶏は走ってもなかなか素早い。花をつけたエニシダの茂みにさっと飛び込んでしまい、ジルは小屋の戸を閉めてから追いかけた。

「ヨーヨー！　ヨーヨー、あんまり遠くに行くなよ」

逃げた鶏は脱走の常習犯で、こういう追いかけっこもしょっちゅうだ。ジルが茂みを抜けるとヨーヨーはなんだか偉そうな顔で待ち受けていて、ジルを見るとぱっと走り出した。

「待てってば、ヨーヨー！　おまえ、楽しんでるだろう」

文句を言いつつ、ジルも鶏を追いかけるのは嫌いではなかった。走れるし、泥だらけになっても鶏を追いかけていたのだと言い訳ができる。

ここのオメガのすることではないし、ベータだって鶏を追いかけて遊ぶなんて幼い子供の行為だ。けれどジルには、数少ない楽しみのひとつだった。特に、今日のようにわけもなく沈んでいるような日には、いい気分転換になる。

どうもヨーヨーも、ジルが楽しんでいるのがわかっている、ような気がする。

絶妙な間合いまでじっと待ってはまた逃げるあたり、追いかけられるのも楽しいのかもしれない。ジルが手を伸ばすとヨーヨーはまた茂みに飛び込み、ジルはほとんど腹ばいになって覗き込んだ。

「ヨーヨー！　そっちは外庭だってば。……もう」

元は貴族の館だったミュラー家の屋敷は敷地が広い。建てられたのがずいぶん昔なので、屋敷だけでなく庭の作りも古風だ。裏の畑と表庭の周りには、外庭と呼ばれる自然のままの敷地があり、野趣溢《あふ》れる眺めを楽しめるようになっている。

のどかな風景はたしかに美しいけれど、塀も囲いもない外庭に出られると追いかけるのは大変だ。

本当はオメガは外庭に一人で出るのも禁止なのだが、ジルは少しだけ迷って茂みに飛び込んだ。ほかの使用人に頼みに行っているあいだに、ヨーヨーを見失ったら困る。

たっぷり黄色の花をつけたエニシダの茂みを通り抜けると、その先はまばらな木立になっている。屋敷の表玄関のほうは外庭なりに手入れがされて、見晴らしのいい草地が広がっているが、裏手側は森と区別がつかない。

ヨーヨーは見当たらず、ジルは眉を寄せた。

斜面を下りきったところで屋敷の敷地は終わっていて、細い道が通っている。めったに人が通ることはないが、ヨーヨーがそっちに逃げていたら、追いかけているうちに誰かに出くわすかもしれない。

引き返すべきか迷ったとき、少し先の木の陰からひょこりとヨーヨーが顔を出した。

ジルはほっとして追いかけた。

「ヨーヨー！　逃げるのはいいけど、今日はやりすぎだよ。おいで」

ちょこんと首をかしげる鶏はジルの言葉がわかっているのかいないのか、近づいてもしばらくじっとしていた。だが、捕まえようと手を伸ばすと、大きく羽を広げ、ジルの顔めがけて飛び上がる。

「っ、こら！　痛いって！」

視界をふさがれたジルの頭を踏み台にして、ヨーヨーは精いっぱい高く飛ぶと、華麗に着地を決めて駆けていった。

飛びかかられた勢いで尻餅をついたジルは、立ち上がって追いかけようとして、はっと身を強《こわ》張《ば》らせた。

——蹄《ひずめ》の音がする。

慌てて木の陰に身を隠すと、ほどなく、すぐそばの道に馬が現れた。そっと窺《うかが》ったジルは、声を漏らしそうになって口元を覆った。

手入れの行き届いた栗毛の馬に跨《また》がっているのは、狼《おおかみ》の獣人だった。

豊かな黒い毛並みに、がっしりとして大きな、堂々とした体軀《たいく》。威圧感のある狼の顔は額から鼻筋にかけてきっぱりとした力強さがみなぎっている。氷を思わせる淡い青色の目は冷静で、知性の高さが窺えた。

一目見るだけで身体の芯が竦《すく》むような、圧倒的な存在感だった。

(……たぶん、アルファだ)

ジルが知っている獣人アルファといえば、幼馴染みのアルバートだけだ。アルバートも恵まれた肉体を持ち、背が高くていかにも頼り甲斐のある外見だが、目の前にいる狼の彼はまとっている空気が違う。周囲にかしずかれてきた者だけが持つ、鷹揚《おうよう》だが有無を言わせない、支配者の気配がした。

ジルは鳥肌の立った腕をぎゅっと身体に巻きつけた。獣人の嗅覚は優れているというけれど、気づかずに通り過ぎてくれるように願う。

だが願いも虚《むな》しく、狼の獣人は馬をとめた。

「そこのきみ。道を尋ねたいんだが」

「——」

「こちらがミュラー家の屋敷に向かう道で間違いないだろうか？」

支配者然とした見た目に似合わず、穏やかな口調だった。ジルは逡巡《しゅんじゅん》したものの、礼儀正しく聞いてきたのを無視するのも悪い気がして、そっと木立から出た。

改めて見ると、彼が裕福な貴族だとわかった。

馬はよく手入れされて艶がよく、獣人特有の古風な服は目立たない刺繍がほどこされた品のいいものだ。馬具も、ハミは精緻《せいち》な彫刻で彩られ、頭絡《とうらく》にもひかえめながら飾りがついている。ひとつひとつ手間をかけて作られた上等なものばかりだ。

ジルと目があうと男は慣れた仕草で馬を降り、お辞儀までしてくれた。

「急に声をかけてすまない。セントラルから来たもので、このあたりは土地勘がないんだ。途中で会った者に、この道なら村を通らなくても屋敷に行けると聞いたんだが」

およそ貴族らしからぬ振る舞いだった。ジルを見ても丁寧な態度を崩さない。服こそ絹のものでも、鶏を追いかけ回したせいで草や土で汚れているし、髪もぼさぼさなジルは、下働きにしか見えないはずなのだが。

「――そうです」

用心深くジルはそれだけを答えて、まだ鳥肌の引かない腕を摑《つか》んだ。身を守るように胸の前で腕を組み、斜面の下の道にいる狼の獣人を見下ろす。

やはり、どう見てもアルファだ。獣人アルファがたったひとりで急に訪ねてくるなんて聞いたことがない。

もし約束のある来訪なら、いくらはみ出し者でもジルにも知らされるはずだった。たとえば、大事な客が来るからおまえはけっして裏から出るな、とか。もしかしたら、彼がアルファではないという可能性もゼロではないけれど。

（でも、アルファとしか思えない……）

こんな特別な雰囲気をまとう人を、ジルは見たことがなかった。

「……どのようなご用件でしょう。約束がおありですか」

ジルの硬い声音に、獣人はやや困った様子で微笑んだ。

「無礼は承知している。事情があって――というか、衝動にかられて、と言ったほうが正しいか。できることならば早くすませてしまいたくて、ひとりでセントラルから馬を飛ばしてきてしまった」

「衝動にかられて……ですか」

威厳のある狼の獣人は、衝動にまかせて行動するようなタイプには見えない。胡乱《うろん》な顔をしてしまったのか、ジルの表情を見ると、彼はにっこりと笑った。

「こう見えてせっかちなんだ」

笑うとどこか気安い感じがする。おどけたような身振りもくだけた雰囲気を生んで、ジルは少しだけ警戒をといた。――少なくとも、悪いひとではなさそうだ。

「約束がなければミュラー家の女主人には会えないというなら出直すが、どうだろう？」

「べつに、どうしても駄目ではないと思いますけど——」

ミュラー家は、つきあいのある貴族か、その紹介を受けた貴族にしかオメガを派遣しない。だが、彼はどう見ても格式高そうな貴族だから、ミュラー夫人も追い返したりはしないだろう。

「でも、もしオメガをご所望なら……」

さすがに今日選んで連れて帰るのは無理ですよ、と言おうとしたとき、すぐそばの茂みからヨーヨーが飛び出した。コケーッ、と勇ましく声をあげ、斜面を駆け下りていく。

「あっ、こら！　そっちは駄目だったら！」

ジルは咄嗟《とっさ》に追いかけた。道まで下りて、どうやら半分パニックになっているらしいヨーヨーに飛びついて捕まえる。

「ほら、暴れない！　いい加減おとなしくしろ」

ばたばた暴れる鶏をしっかり抱きかかえて立ち上がると、獣人が声をたてて笑った。

「なるほど、変わったところにいると思ったら、この鶏を追いかけていたのか。ずいぶん手こずったんだな」

「……手こずったわけじゃないです」

「そうかな？　その鶏はよく脱走するようだ」

「どうして？」

ジルは驚いて振り返った。なぜそんなことがわかるのだろう? 同じ高さの地面に立つと、狼の獣人は背が高くて、かなり見上げなければならない。大きく尖《とが》った耳の下の鋭い目を見上げると、その目がふっとやわらいだように見えた。

「エニシダの茂みに逃げ込んだだろう。逃げ慣れているから、そういうところに入るんだ」

数歩歩み寄った獣人がすっと手を伸ばしてくる。ジルは思わずびくりと首を竦めた。

「失礼。これがついていた」

穏やかな声で詫《わ》び、彼はつまんだエニシダの花の房を見せてくれた。

はらはらと、小鳥を思わせる黄色の花弁が散っていく。

「きみには誓って触れていない」

なだめるような口調に、ジルはかあっと赤くなった。わざわざ謝って、触れていない、と言うなんて——オメガだと、気づかれているのだ。当たり前だ。首飾りをしているのだから。

(気づいてるなら、どうしてこんな、普通に話してるんだ)

ジルは鶏を抱えたまま後退《あとずさ》った。

人間とは違う狼の表情からは、彼がなにを考えているのか、まったくわからなかった。だが、どうやら呆れたり馬鹿にしたりしている様子はなさそうだ。ミュラー家の規則を守るなら、ジルは彼と話すべきではないけれど、物腰も穏やかなこのひとに、無礼な態度を取るのも気が引けた。

逃げたほうがいいのか、それとも、なにか言えばいいのか。

なにしろ、アルバート以外で屋敷の外のひとに会うのが久しぶりすぎる。

迷って立ち尽くすしかないジルに、狼の獣人はのんびりと言った。

「ミュラー家のオメガなら、鶏一羽くらい下働きにでも探させたらいいのに、よほど大事な鶏なのか?」

小首をかしげて鶏を眺められ、ジルは迷いながら口をひらいた。

「べつに……ただの、食用です」

オメガだけれど罰として使用人と同じ仕事をしているのだと説明するわけにもいかないし、実は鶏と追いかけっこをするのが楽しいだなんて、打ち明けられるはずもない。

愛想のない警戒心剝き出しの返答にも、獣人は腹を立てる様子もなかった。

「ただの食用なのに、草だらけになるまで追いかけたのか?　一羽くらいいなくなっても困りはしないだろうに——ああ、でも、たしかにうまそうな鶏だな。太っているがよく運動しているおかげで身は締まっていそうだし、脂も乗っていそうだ。こいつがしょっちゅう脱走するのは、食べられたくないからかな」

優しげな表情で、獣人は鶏を見つめる。

「いっそ、今ここで絞めてやったほうがいいんじゃないか?」

ジルは半分呆れて獣人を見上げた。

(ほんとに変なひと)

優しいのか、無情なのか。オメガとわかっていて横柄に振る舞うわけでもなく、のんびり雑談なんかして――礼儀正しいのか、そうじゃないのかもよくわからない。それに、初対面の相手に、今ここで絞め殺せだなんて。

「食べられたくなくて逃げてるかもしれないのに、早く殺せって言うんですか？　かわいそうだとか、逃がしてやればいい、とかじゃなくて」

「なぜだ？」

獣人は不思議そうだった。

「食用の鶏だろう。逃がしたとしても、ずっと飼われていてこんなに丸々と太っているし、飛べないように羽を切られている。いくら脱走の常習犯でも、庭の外に出れば、すぐに獣に襲われて終わりだ。それに、食べられる運命が変えようがないなら、恐怖が長引くほうがかわいそうだろう？　だったら、ここで絞めて殺したほうが苦しまずにすむ」

「苦しまずに……」

冷静で、その分酷薄にも聞こえる言葉だった。

けれど、たぶん彼が正しい。正しくて、もしかしたらジルよりもずっと、慈悲深くさえあるのかもしれなかった。

わかっていて、ジルはすっかりおとなしくなった鶏を抱きしめ直した。

「でも、もしかしたら、逃げたら生き延びられるかもしれないじゃないですか」

脳裏に浮かぶのは幼いころ、窓にぶつかって死んでしまったあの小鳥だ。

空を目指し、見えない硝子にはばまれた小鳥は、ジルの手の中で苦しそうだった。窓が開いていたなら、あの苦しみを小鳥は味わわずに、自由を謳歌《おうか》できたかもしれない。

運よくタカに襲われずに、生き延びることができる可能性だって――絶対に、あったはずなのだ。

それが、奇跡的なほどわずかな確率だったとしても、あったはずだと、今でも信じたい。

ヨーヨーが逃げるとわかっていて庭に放すのをやめないのも、どこかで信じたい気持ちがあるからなのだと、ジルは気づいて唇を噛《か》んだ。

追いかけて草や泥にまみれるのが楽しいだけじゃなくて――どこかで、逃げ出してくれないか、と思うから。

逃げて、外の世界で生き延びて、万にひとつでも今よりも幸福な自由を手に入れられるのだと、見せてほしくて。

（私は――まだ、逃げたいんだ）

諦め、納得したつもりだった。オメガは籠の鳥で、この籠から出ても別の籠に移るだけで、そういう存在だと、わりきったつもりでいた。

けれど、完全に受け入れられたわけではないのだと思い知る。

「だが、獣に襲われて後悔しても遅いだろう」

ごく生真面目《きまじめ》に、獣人は答えた。

「ひとの手なら一番的確に殺せる」

言っていることは冷たくも聞こえるが、声は穏やかだ。鶏を見る目はいっそ優しげにさえ見えて、ふっと声がこぼれた。

「ではあなたなら、私のこともここで殺してくれますか？」

言ってしまってから、ジルははっと我に返った。

獣人も、あまりに唐突な言葉に呆気《あっけ》に取られている。見ひらかれた彼の瞳に恥ずかしくなって、ジルは顔を伏せた。

「すみません、おかしなことを言って……すぐに家の者を呼んでまいります。この道を行けば、すぐに正面玄関のほうに出られますから、どうぞそちらからお越しください」

「きみは、この家のご子息かな？　私はディエゴ」

踵を返そうとしたジルに、礼儀正しく獣人が声をかけた。

「ディエゴ・ジークフリードと申す者です」

「ジークフリード……！」

驚いて、ジルはまともに彼を見上げてしまった。

バーネルード国で一番力のある貴族、ジークフリード家の獣人が訪れるなんて、由緒あるミュラー家でも初めてのできごとだ。

知らない人間はいないくらいの、特別な貴族——つまりこの男は、国の中でもっとも権力を持つ獣人アルファのひとりなのだ。

「きみは羽を切られた食用の鶏ではあるまい。鳥だとしても、もっと美しく、誰からも求められる優美な生きものだ」

「……いいえ」

握手の手を差し出され、ジルは後退った。

弱音のように「殺してくれますか」などと口走ったジルを、慰めてくれているのだろうディエゴの言葉が寂しかった。大勢から求められたところで、自由じゃないなら同じだ。

「私は、鶏と大差ありません。うたえと言われたらうたうしかない」

つぶやき、ジルはお辞儀した。

「私は落ちこぼれなので、あなたのような立派な方のお相手をする資格はありません。すぐに家の者に案内させますので、どうぞ正面玄関でお待ちください」

ぎゅっとヨーヨーを抱えて、ジルは斜面を駆け上がった。

道が見えなくなっても足をゆるめず、木立の中を進み、裏の畑との境のエニシダの茂みの前まできて、ようやく立ちどまる。

今を盛りにたっぷりと咲いた黄色いエニシダの花が、眩《まぶ》しい日差しに輝いている。自分の髪から取り去られた花房と、長い指を思い出して、複雑に胸が騒いだ。

「——ご子息、だって。オメガ相手にあんなこと、言うひとがいるんだ……」

耳にはディエゴの深く穏やかな声が残っている。抱きしめたままのヨーヨーの温もりが、いつになく胸に染みた。

オメガに対して握手を求める貴族なんて変わり者だ。汚れて、どう見ても怪しいだろうに、丁寧な態度を崩さなかった。きっと温厚で誠実なひとなのだろう。

でも、そんな彼さえ、外で生きていけないものならば、苦しまないよう殺したほうがいい、と言うのだ。

ならばジルも死ぬしかない。

小さな籠に閉じ込められたまま、オメガという部分だけを愛でられて——飛びたいと願うジルの本当の心は、ゆっくり絞め殺されてゆくだけだ。

ジルができるのは屋敷の者にジークフリード家の獣人が訪ねてきたことを知らせることまでで、その後ディエゴのことを知る術はなかった。

普通、アルファがオメガの館に訪ねてきたりはしない。とくにジークフリード家のような、名家中の名家の者ならなおさらだ。必要があれば自分の屋敷に呼びつければすむのだから。

なんのためにわざわざ、しかもひとりで来たのだろうと不思議だったが、聞いても教えてもらえないのは承知していたから、質問もしなかった。

ディエゴの目的がわかったのは、一週間ほどすぎてからのことだった。

明日は使用人の手伝いはするなと命じられ、念入りに湯浴みをさせられた翌日、普段ジルは使わない屋敷の表にあるオメガ用の部屋に行かされると、用意されていたのは華美な服とアクセサリーだった。

手際よく着せてくれるメイドは、興奮気味に教えてくれた。

「今日はあのジークフリード家の方がいらっしゃるんですって、ジル様。お屋敷に囲うオメガをお探しで、その方のご希望で、ミュラー家のオメガ全員を見たいからって、こちらでパーティを催すんだそうですよ。わたし、そんなの初めて聞きました！」

「私も、聞いたことがないよ」

名門貴族がやってくるせいで興奮しているメイドに苦笑して、ジルはため息を飲み込んだ。

オメガの屋敷でパーティをするという異例の待遇にも驚くけれど、なにより呆れてしまうのは、自分の母親の対応だ。普段はあれほど疎ましがっているジルまで着飾らせて参加させるなんて、どういうつもりなのか。おまえは台無しにしかねないから引っ込んでいろ、と言われたほうがずっと納得できる。

薄くて身体の線があらわになる服を着せられ、髪をかるく結って花を飾りつけられ支度を終えると、母が珍しく顔を出した。

　ごくシンプルで品のよいドレスに身を包んだミュラー夫人は、ジルを上から下まで眺めると、神経質に服の胸元を整えた。

「いいこと、ジル。あなたはもうすぐラインハルト家に嫁ぐ身です。問題を起こして、大事な縁談を壊したくはないでしょう？」

「パーティで問題を起こされたくないなら、私はいつもどおり、使用人に交じって地下にいたほうがいいと思いますけど」

「口答えするんじゃありませんよジル」

　冷ややかに、ミュラー夫人はジルを見据えた。

「おまえは綺麗にして黙っておけば見栄えだけはいいの。今屋敷には十一人しかオメガがいないんですもの、飾る花のようなものよ。もう少し時期がよければ、十五人は揃《そろ》えてお見せできたのに……せっかくあのジークフリード家が、ミュラー家のオメガをとご所望なのに、十一人しかいないだなんて本当に残念」

　今度は帯の位置を細かく直し、夫人はいっそう冷たい声を出した。

「その十一人のうちひとりがおまえだなんて、本当についていないわ。わたくしだって、おまえを出さずにすめばそうしたいけれど、ディエゴ様が全員見たいとおっしゃるから、仕方なくなんですよ。隠しておいて、あとからまだいたと知られたりしたら、信用問題ですからね」

たしかに、ディエゴはジルがいなければすぐに気づくだろう。なにしろ一度会ってしまったのだから。

「せめて一度くらいは育てた恩を返してちょうだい。今日は絶対に、大切なパーティを台無しにするような行動や発言はつつしんで、ディエゴ様をおもてなしするのですよ」

ジルは返事をしなかったが、夫人は頓着しなかった。離れてもう一度ジルを点検し、うすく笑みを浮かべる。

「見た目だけは合格よ、ジル。わたくしの子なんですもの、当然だけれど——黙って微笑んでいるだけなら、万が一、ということだってありうるわ」

「万が一？」

「ディエゴ様が気に入ってくださるかもしれないでしょう？　おまえのような落ちこぼれでも、ディエゴ様の魂の番という可能性がないわけではないんですから」

「……なるほど、魂の番、ですか」

そんな都合のいいことがあるわけがない、とジルは呆れてしまった。

魂の番とは、アルファとオメガのあいだに生まれる「番」という関係性の中でも、さらに特別なつながりだ。

通常はアルファが気に入ったオメガを選んで番にするのだが、魂の番はそういう次元ではないらしい。互いに強く引きつけあい、心も身体も、理屈ではなく結ばれてしまう。感情や理性では制御できない、抗《あらが》えない「運命」そのものの相手。

唯一無二の相手である魂の番は、ごく稀にしか出会うことはない。めったにないからこそ貴重なのだし、出会えば互いにそうとわかるほどだというから、ディエゴとジルが魂の番であるわけがない。

可能性はほとんどないとミュラー夫人だってわかっているはずなのに、相手がジークフリード家だから、欲が出たのだろう。

ミュラー家の評判を落としたくない夫人としては、パーティに参加させるのは決して本意ではないはずだが、もしうっかりジルが見初められたとしても、困りはしないのだ。ラインハルト家とジークフリード家は比べるのもおこがましいほど格が違う。誰であろうとディエゴが気に入ったなら差し出すに違いない。

ジルが呆れたのを感じ取ったミュラー夫人は、不機嫌に眉を吊り上げた。

「とにかく、くれぐれも今日は行儀よくなさい。せめて引き立て役ぐらいには、役に立ってもらわないとね。わたくしだっておまえには本気で期待しているわけではないの。でもねジル、おまえが自分の将来を台無しにするだけならいいけれど、今日はほかのオメガの未来もかかっているのよ。わがままでほかの子の望む幸せを邪魔するのだけは、許しませんからね」

「わかりました」

ジルは頷くしかなかった。敢えて逆らって参加しなかったとしても、ジルに得があるわけでもない。

いつにもまして綺麗に掃除され、たっぷりと花で飾られた大広間で、言われたとおり目立たないよう壁際に控えていると、ほどなくディエゴの到着が知らされた。

案内してきた執事が頭を下げて道を開け、大広間に入ってきたディエゴは、出迎えたミュラー夫人に顔を向ける。先日と違い正装に身を包んだ彼は、ひときわ貴族らしく、威厳のあるたたずまいだった。

背が高く、凶暴さ一歩手前の凛々《りり》しい狼の頭部を持つ獣人アルファに、オメガだけではなく、控えていた使用人たちも皆息を呑んでいた。しん、と静まった大広間を眺めわたし、ディエゴは穏やかに口をひらいた。

「本日は急な願いにもかかわらず、こうして盛大な席を設けていただいて感謝します」

「こちらこそ、おいでいただいて感謝いたしますわディエゴ様」

ミュラー夫人は優雅に膝を折って挨拶する。

「本来でしたら昼のパーティは庭でいたしますのに、狭い室内での開催で、ご窮屈で申し訳ございません」

「ミュラー家の大切なオメガたちだ、庭とはいえ外には出せないのでしょう？　美しい肌を日で焼いてしまうわけにはいかない」

ディエゴはミュラー夫人に導かれて長椅子に腰を下ろし、鷹揚に微笑んだ。

「私が選ぶのはひとりですから、選ばれない十人の美を無駄に損ねては困るのでしょう。私の勝手でお願いしたパーティですし、こんなに美しい屋敷に数時間だけでも滞在できるのは光栄ですよ」

「わたくしも、名高いジークフリード家の方をお招きできて光栄ですわ。オメガも、ひとりといわず、気に入りましたら数名選んでくださってもかまいません」

にこやかに応じて、ミュラー夫人が合図した。控えていた使用人がさっと近づき、トレイに載った飲み物を差し出す。

ディエゴとミュラー夫人がグラスを触れ合わせるのを合図に、楽器を持って準備していたオメガたちが、曲を奏ではじめた。

ミュラー夫人はディエゴの隣に座り、楽器を演奏するオメガを紹介していく。一曲終わると別のオメガが進み出て、次の曲にあわせて歌を披露した。

歌が終われば、ミュラー夫人の合図で別のオメガたちがディエゴの前に揃い、作った刺繍や織物を広げて見せる。

ディエゴは素直に感嘆の声をあげたり、腕前を褒めたりして楽しそうだった。

彼らから離れた壁際で、ジルはその光景を眺めていた。

（みんな熱心だな）

競うように普段のレッスンの成果や特技を披露するオメガたちは、全員頬を赤らめて眩しげにディエゴを見ている。ジークフリード家の名前に目の色を変えているのはミュラー夫人だけでなく、オメガたち自身も平静ではいられないのだろう。

歌をうたい終えたオメガが楽器を弾いていたオメガと連れ立ってジルの近くまで来たが、興奮のせいか、じっとしているジルの存在は目に入らないようだった。

「ねえ聞いた？　セントラルでもあなたほど綺麗な歌声は聞いたことがないって、ディエゴ様が言ってくださったの」

「違うだろ、セントラルでも珍しいって言っただけじゃないか、お世辞だろ。それより、僕のヴァイオリン！　聞き惚れてたと思わない？」

「そっちこそ、思い上がりだよ」

お互い微妙に牽制《けんせい》しあいつつも、二人ともうっとりしたようにディエゴに目を向ける。

「さすが、ジークフリード家の方だよね。物腰も柔らかいし、僕たちにもすごく紳士的だし」

「身体もあんなに大きくて、逞《たくま》しいよね……狼の獣人って、もっと凶暴で怖いと思ってたけど、ディエゴ様ならいいな」

「ジークフリード家だもの、お屋敷もすごく広いよね。オメガの待遇もよさそうだし……あっ見て、またこっち見てる！」

「もしかして気に入ってくださったのかも。それか、ディエゴ様は僕の魂の番で、目が離せなくなってしまったとか」

完全に舞い上がっている二人のはしゃいだ声に、ジルはため息をついて横を向いた。

たしかにディエゴの見た目は極上だ。雄々しく、獣人としての魅力を存分に撒《ま》き散らす身体つき。首回りを飾るたてがみのように豊かな、艶のある毛並み。長く垂れたふさふさの尻尾さえ優美だ。すっと通った鼻筋や、鋭いが粗野ではないアイスブルーの目も、落ち着いた物腰とあいまって気品が漂う。

ジークフリード家に囲われて獣人の子が産めれば、オメガは一生安泰だ。オメガとしてはこれ以上ないほどの幸せが約束される上に、相手がディエゴのように見目のいい獣人ならば、うっとりする気持ちもわからなくはない。

それでも、ジルにとってはなんの魅力もなかった。

（魂の番だなんて、冗談じゃない）

オメガとしての役割を押しつけられるだけでも理不尽だというのに、それが定められた運命だなんて、よけいに逃げ道がないではないか。

自分だったら誰が相手でも魂の番だなんてごめんだ、と思って、ジルは心を落ち着けるために、通りかかった給仕のトレイから飲み物を取った。

あと一時間か二時間、こうして黙って立っていればなにごともなく終わる。楽しくはないが、動かずにやり過ごすだけだ。終われば今度こそ、ちゃんとアルバートのもとに嫁ぐ準備をはじめて——ジルはジルの未来を、決めなければならない。

お飾りで参加するパーティより、そっちのほうがジルには大問題だった。

ディエゴ相手なら、置物になっていればやり過ごせるけれど、アルバートはそうはいかない。嫁ぐということはオメガの役割を果たしにいくということで、この身体を、アルバートが抱くということだ。

子供を産むために。

ジルは首飾りに触れた。

普通ならミュラー家のオメガが貴族と番になることはないけれど、ジルは派遣されるのではなく、もらわれていく。アルバートのものになるのだから、彼が望めばジルを番にすることもできる。

アルバートは、ジルの首を噛むだろうか。

(――それは、いや、だ)

ぞくっと冷たいものを背筋に感じたとき、視界が陰った。

いつのまにかあの二人のオメガの声が聞こえなくなっていることに気づき、ジルは顔を上げた。

「……っ」

目の前に立っていたのはディエゴだった。驚いて落としかけたジルのグラスを摑んで、穏やかな表情で見下ろしてくる。

「きみはなにも特技を披露してくれなかったが、体調でも悪いのか？　顔色がよくない。立っていないで、休むといい」

そっと手を差し伸べられ、ジルは困って視線を彷徨《さまよ》わせた。

ぼうっと考えごとをしていたせいで、ディエゴが近づいてくるのに気づかなかったなんて失態だ。

目立たないようにしていたのに声をかけてくるのはよけいなお世話だと思うけれど——ディエゴには悪気も非もない。賓客《ひんきゃく》である彼に恥をかかせるわけにはいかないが、ジルがディエゴと言葉だけでも交わすのは、ミュラー夫人が喜ばないだろう。

黙っているうちに、取り囲むように集まったオメガたちが声をあげた。

「ディエゴ様。どうぞその者は放っておいてください」

「そうです、お気になさる必要はありません。そのオメガは、教養のレッスンも逃げてばかりで、いつも罰を受けているんです。ディエゴ様にお披露目できるような特技もありませんから」

「毎日使用人に交じって下働きさせられているような、貴族にふさわしくないオメガです」

「だが、彼はミュラー家のご子息だろう」

ディエゴは静かに背後を振り返る。庇《かば》うようにも取れる発言に、オメガたちは侮辱されたように顔を赤くした。

「でも、本当に落ちこぼれなんです！」

「そうです、せっかくミュラー家に生まれたのに、いつも名を汚すようなことばかりだって、夫人も言っているくらいで」

「性格だってだらしなくて、下品ですわ。お屋敷を抜け出して、近くの田舎貴族を誘惑するような、はしたないオメガなんですから」

「きっともうあの貴族のお手つきですよ。そうじゃなきゃ、使用人に交じって庭仕事だなんて、させられるはずがないもの」

「ディエゴ様のように素晴らしい方に、ジルなんてつりあいません」

言いたい放題に悪口を言うのは自分の品位を貶《おとし》めているのと同じなのに、オメガたちは真剣な顔だった。

「僕らの中の誰を選んでいただいても光栄です。でも、ジルにはご興味を向けるだけ無駄なんです。ジルなんかを選んだら、絶対後悔されます」

「ディエゴ様の優しさにつけこんで落ちこぼれを押しつけただなんて、わたくしたちも言われたくありませんし、そんな失礼な真似はできませんわ」

次々に言い重ねる彼らは、ディエゴを案じているつもりなのだった。本気で、ジルが女主人にも見放された落ちこぼれで、見た目に騙《だま》されればディエゴが後悔すると信じて疑わないから、いくらでもジルを貶《けな》す言葉が出てくる。

「きみたちはそう言うが、私にはとても落ちこぼれには見えない」

ディエゴはジルに視線を戻した。

「彼にもきっと素晴らしい特技があるのだろう？　こうして立っているだけでも、気品があって物静かな、美しいオメガだ」

「っ、それは見た目だけです！」

誰かが耐えかねて声を荒らげた途端、ぱん、とかるく手を打ち鳴らす音が響いた。

ミュラー夫人だった。

彼女はいっせいに黙ったオメガのあいだからディエゴの正面に進み出ると、優雅に微笑んだ。

「うちのオメガはみな、ディエゴ様をもてなしたいのです。ミュラー家にいる者として、よきオメガをジークフリード家に献上したい一心なのですわ。悪く思わないでくださいね」

「ああ、もちろん」

「それから、このジルも、ディエゴ様のご明察のとおり、踊りも楽器も得意なオメガでございます。——ジル、ヴァイオリンを弾いて差し上げなさい」

「私が、ですか？」

意外な命令に、ジルは目をみひらいた。どういう意図なのかと思えば、ミュラー夫人は笑顔のまま頷いてみせる。

「おまえもミュラー家の者として、ディエゴ様に敬意を表して、ひとつくらいは芸を披露しなければ。きちんと礼儀正しく、おもてなしをすると約束したでしょう」

「……わかりました」

いやなひとだ、と心から思った。ディエゴが自分から動いてジルに声をかけたから、チャンスを逃さずに売り込むつもりなのだ。

最初は不興を買わないよう、目立たずにさせておく予定だったが、ジルをディエゴが選ぶなら一番好都合だと、考え直したのかもしれなかった。

なにしろ、もてあまして近所の田舎貴族のところへ厄介払いをするしかなかったジルで一儲《ひともう》けするチャンスで、しかもほかの貴族にも高く売れる手持ちのオメガは全員無傷で残せるのだ。無理に売り込むことはできなくても、ディエゴ自ら興味を持つなら、気に入られる可能性は格段に上がる。

首尾よくジルがジークフリード家に派遣されることになり、ディエゴの子を孕《はら》めば、ミュラー家は今以上に名声を得て、数代は栄華を誇ることができる。

家にこだわる夫人がチャンスだと張りきるのは彼女らしいと思うけれど、微塵《みじん》も共感はできなかった。

(結局、母にとっての私は、道具なんだ)

ジルはさきほどまで別のオメガが演奏していたヴァイオリンを手にすると、小さく息を吸って弓を構えた。

弾きはじめたのは、貴族の好むような優雅な曲ではなく、村の酒場で演奏されるような曲だ。上品な昼のパーティには不似合いな、荒々しくも躍動感のあるメロディーが、大広間に響き渡る。

ジルは大きく上体を動かして、思いきり弾いた。

ヴァイオリンの音は好きだ。教養だオメガの嗜《たしな》みだ、と言われるのでなければ、もっと真面目に練習してもよかったと思う。言いなりになって特技を身につけるのはいやだったけれど、音楽を奏でるのは楽しくて、ときどき使用人たちに弾いて聞かせることもある。陽気でテンポの速いこの曲は彼らが教えてくれたもので、ジルが弾くと自然と、手を取りあって踊るのだ。

だが今日は、誰も微動だにしなかった。

楽しげに奔放《ほんぽう》に、猥雑《わいざつ》にさえ聞こえる弾んだ音を残して弾き終えても、踊るどころか青ざめた顔で立ち尽くしている。

弓とヴァイオリンを置き、ジルは皮肉っぽく告げた。

「落ちこぼれのオメガですので、こんな曲しか弾けなくて、失礼いたしました」

右足を後ろに引いて丁寧な礼をしてみせ、ジルはそのまま大広間を出た。

使用人も含めて、ほとんどが大広間に集中しているから、廊下には誰もいない。ドアの向こうの音は聞こえなかったが、気まずい空気はこちらまで漂ってくるようで、一瞬だけ愉快な気持ちになりかけて、ジルは強く拳を握りしめた。

——馬鹿なことをした。

昔ならともかく、自分はもう大人だ。

普段なら悪口は聞き流しておくし、自分がオメガであることを変えられるとも思わない。ときにはやるせなく思うことがあっても、自分の身の上はわきまえていて、ミュラー夫人に歯向かうような無駄なことだって、もうする気はなかった。今さら、悪口ぐらいで苛立《いらだ》ったり、反発したりするのもみっともないと思っている。

なのに、今日に限って、子供じみた真似をしてしまった。

（あんな曲を弾いて、母上やみんなの反感を買うだけだってわかってるのに）

一瞬の衝動が過ぎ去れば、残るのは虚しさだけだ。

ジルは後悔を振り払うようにぱっと駆け出し、中庭に向かいかけたものの、結局途中で足をとめた。

窓からは、爽やかな光の溢《あふ》れる中庭が見える。そっと窓に寄り添って庭を眺めながら、ジルは落ち着こうと深呼吸した。

あとで母には詫びなければ。謝ったところで彼女の怒りが解けるとは思わないが——その前に、これからサロンに戻ったほうがいいかもしれない。客人の前でおとなしく謝っておいたほうが、ほかのオメガたちの苛立ちもおさまるだろうから。

（ほんとに、べつにみんなの邪魔をしたいとか、馬鹿にしてるとかじゃないんだ）

ただあのときは、従順なふりができなかっただけ。

（——私には、まだまだ子供っぽいところが残ってるのかも）

ため息をついて顔を伏せかけたとき、「きみ」と声がかけられた。

びくりとして振り返ると、ディエゴが近づいてくるところだった。ジルは思わず身をひるがえした。

なんで抜け出してきているのだろう。

もう放っておいてほしい。衝動的な自分の振る舞いを後悔している最中に、ディエゴと話したくなかった。

脚に絡んで動きにくい服なのがうらめしい。走って逃げ、中庭に出られるドアを開け、一歩踏み出した瞬間、手首をぐっと摑まれて、ジルは身を竦ませた。

「すまない」

すぐに謝って離してくれたディエゴは、静かにジルの正面に立った。

「驚かせるつもりはなかった。ただ一言、素晴らしい演奏の礼を伝えたくて」

「……貴族の方には似合わない曲ですよ」

ディエゴの顔はとても見られなかった。

あんな曲を弾いたのは、ただ母に反発しただけだったが、結果としては、客であるディエゴに対して非礼な振る舞いになってしまった。大人げなくみっともない真似をしたことが、今となっては恥ずかしい。

——ディエゴと会うのは二回目なのに、毎回、普段の自分らしくない姿を見せてしまっている気がする。

「すみません。ふさわしくない曲なんか弾いたりして」

なんとか心を落ち着けようと、顔を背けたまま彼から身体を遠ざける。ディエゴは朗《ほが》らかに笑い声をたてた。

「謝罪の必要はない。楽しくて踊れそうな曲だった」

「――あなたには踊れませんよ、ワルツじゃないんです」

「いや。あの曲は、振りを覚えて踊るんじゃなくて、自然と身体が動いてしまうような曲だから、私でも踊れるはずだ」

妙にきっぱり言い切られて、ジルはふと想像した。強面《こわもて》の狼の獣人が、楽しげにステップを踏んで村人たちと踊るのだ。全然似合っていないその光景に笑みが浮かびかけ、急いで唇を引き結んだ。

ディエゴのほうはずっと真顔だ。あの曲で踊れると言い出したのは、冗談ではなく本気だったらしい。

（――変なひと）

笑うのをこらえていると、やり場のない後悔が、すうっと薄れた気がした。

ジルは小さく息をつき、客人に向けるのにふさわしい、よそいきの笑みを浮かべた。

「わざわざお礼だなんて、ありがとうございます。でも広間に戻られたほうがいいですよ。私はミュラー家の落ちこぼれだって、言っておいたはずです。落ちこぼれオメガを追いかけていたなんて、外聞が悪いでしょう」

「きみが落ちこぼれだとは信じられない。ヴァイオリンだって、きみが一番うまい」

「聞き慣れない曲だから、そう思っただけです。もう一度ほかの者の演奏をよくお聞きになってみてください」

「きみはもう弾かないのか？」

「失礼な真似をいたしましたので、もう下がります」

「きみの弾くほかの曲を聴いてみたいと言っても？」

食い下がられて、しまったな、とジルはため息をつきそうになった。うっかり目立ってしまったせいで興味を引いたなんて母に知られたら、どれだけ叱られるかわからない。

「私があの曲を弾いたのは、あなたをおもてなしするためでも、踊っていただきたいわけでもなかったことくらい、ご存じでしょう」

「――歓迎してくれているわけではなさそうだ」

「そのとおりです。あなたも、庶民的な音楽を楽しみに来たわけではなく、お屋敷に招くオメガをお探しなのでしょう？　ジークフリード家にふさわしい、よいオメガを」

「……それはそうだが」

「どうぞ、広間にお戻りを」

ジルは深々とお辞儀をしてみせた。

完璧だが他人行儀な態度に、ディエゴはまだなにか言いたげだったが、ちょうど廊下からディエゴを探すミュラー夫人の声が聞こえてきた。ディエゴは諦めたように一歩引いた。

彼が中庭から廊下に戻るのを待って顔を上げると、窓からこちらを見たディエゴと視線がぶつかった。ふ、とアイスブルーの目が細まり、かるい目礼が送られる。

律儀な人なのか、あるいは、よっぽどあの曲が気に入ったのか。

自分の演奏で楽しんでもらえるのは、相手が誰であっても悪い気はしない。暇つぶしにでも喜んでもらえたなら、弾いた甲斐があったというものだ。

もちろん、彼の気を引く気はないから、興味を持たれすぎても困るけれど、ディエゴだって冷静になれば、衝動にかられて反抗的な態度を取るオメガなんて選ばないだろう。

きっと、母が薦めるオメガがつつがなく選ばれる。そうすればこのちょっとした非日常は終わって、普段どおりの生活が戻ってくる。

(……びっくりしたけど、あのひとと会えたのは、悪くなかったかも)

不思議と、ジルはディエゴを嫌いにはなれなかった。彼も獣人アルファには違いがないのだが、オメガとアルファでなかったら――もしかしたら、彼とは友人になれたかもしれない。

だが、もう二度と会うことはないだろう。

(母には、私が本当に気に入られたら却《かえ》って困ったでしょう、とでも言って謝ろうかな)

パーティの前には「あわよくば」と考えていたミュラー夫人も、あのジルの演奏のあとでは、間違ってもジークフリード家に派遣したいとは思わないはずだ。

ほかのオメガたちにもさんざん悪口は言われるだろうが、器量がよくておしとやかなオメガが選ばれれば、母の怒りもみんなの悪口もきっとおさまる。

そう考えながら部屋へ戻るジルの足取りは、朝よりも軽かった。

＊　＊　＊

ミュラー家の屋敷からセントラルへと戻る馬車の中で、ディエゴの心は明るかった。

それほど期待していたわけではなかったが、悪くない時間だった。否、有意義な時間だった、と言ってもいいくらいだ。

もともとは、ミュラー家を訪ねたこと自体が、兄がうるさいから、という消極的な理由だった。

「ジークフリード家の一員として、血を引く子供を作る努力をしなければならない」と兄はよく言うのだが、ディエゴはまだ子供がほしいという気持ちになれなかった。

次の家長として幼いころから立派だった長兄のゲラルト、商才を発揮して活躍している次兄のトネリアと、優秀な二人の兄を見て育ったせいか、ディエゴは自分自身が責任を果たせる存在だとは思えなかった。

まだそれほどの器ではない、と思うのだ。

仕事でも、ひとの上に立って指図できるようなタイプではないと感じるから、いまだにゲラルトの手伝いしかしていない。それはある意味、ディエゴなりの誠意だった。

力量もないのに権力を持つのは、周りの者を不幸にする。まずは仕事に注力したいし、子孫を残すことには実感が持てない。

だから、抱くのが義務だと言われても、西の離れに囲われているオメガの相手は気乗りしなかった。みんな子供を産もうと必死なのが、どうも苦手だった。こちらにその気もないのにベッドで待たれたりすると、欲情するどころかうんざりしてしまう。

それでもいい加減ちゃんとしろとせっつかれるので、仕方なく、「だったら相手は自分で探す」と宣言したのだった。顔や名前を覚える気になれないオメガよりも、見た目だけでも気に入るオメガのほうが、まだマシだろう。

ほとんど発作的に屋敷を出て、ミュラー家を目ざした最初の日は、たどり着く前に「愚かなことをした」と後悔しかけていたが――逆に、またとないいい判断だったと今は思える。

なにしろ、ジルに出会えたのだから。

もしかしたらジルが今日のパーティに出席しないのでは、と危惧していたが、全員のオメガと会いたい、という希望をミュラー夫人はちゃんと飲んでくれたようだ。

当のジルは不本意そうな表情しか見せず、反抗的な態度だったことを思い出すと、つい笑みがこぼれる。

（あのオメガは、本当に面白い）

ジークフリードの名前が、オメガにとってたまらなく魅力的なことは知っている。ミュラー家にいたオメガたちも、ディエゴの気を引こうと必死だった。

その中でジルだけが異質だった。ひっそりと壁際で動かずにいたのが、彼の望みとは逆にひどく目立っていたとは、ジルは思いもよらないだろう。

初めて会ったときは草や土で汚れて髪もぼさぼさだったせいで、いかにも少年という風情だったのが、着飾ると凛《りん》とした美しさをまとっていて、荒ぶる曲を奏でる姿はしなやかだった。

つややかな黒髪、すらりと伸びやかな身体つき。意志の強さと気高さを表すような、青みを帯びた深い色の目も綺麗だ。

あの美貌なら後継を産ませたいと考える貴族も多いだろうに、反抗的な態度で敬遠されているようだ。

ディエゴには、それが好ましい。

どこに跳ね返るかわからない若木のようなオメガなんて見たことがないし、ジルならば子供を産みたがってディエゴの寝室に潜り込んだりもしないだろう。賢そうだから、事情を話せば納得してくれそうなところもいい。

ディエゴがほしいのは愛玩を望む小鳥ではなく、思惑につきあってくれる共犯者だ。

「好都合だな」

ひとりごち、ディエゴは決めた。

やはり、ジルにしよう。

第二章　新しい鳥籠

ディエゴをもてなすパーティから二日後の昼過ぎ、見晴らしのいい丘の、いつもの木陰にたどり着くと、すでに来ていたアルバートが手を上げて立ち上がった。

「ジル！」

「アルバート」

ゆらゆらと長い尻尾を立てて揺らし、笑みを向けてくれる彼を見るとほっと気持ちがゆるむ。微笑みを返して、ジルは折れ曲がった木に腰かけた。

「ちょっと遅くなってごめん。これ、ステラが作ってくれたサンドイッチ」

「嬉しいな、彼女のサンドイッチはうまいから」

アルバートは顔全体でにかっと笑うと、いそいそとジルの隣に腰を下ろした。

彼は大型猫科の獣人だが、猫といって連想される可愛らしさからは程遠い。

がっしりした頭部に小さめの耳、鋭い目はいかにも狩りに長《た》けた肉食獣のものだ。太い喉から逞しい胸部にかけてを覆う長い毛は漆黒をしている。頑丈な顎は、その気になれば人間の骨などたやすく砕いてしまうだろう。口を開けると覗く牙は尖って長い。

見慣れなければ恐怖を覚える猛々《たけだけ》しい外見だが、性格は気さくで、ジルに対してはいつも穏やかだ。

ぐるる、と嬉しげに喉を鳴らした彼は、横からジルの顔を見つめ、ふと心配そうにひげを震わせた。

「ジル、なにかあったか？　疲れてるみたいだ」

「え……。うん……やっぱりアルバートにはわかっちゃうんだね」

昔から互いによく知っている仲だから、ちょっとした顔色や態度の変化も見抜かれてしまう。

ジルはため息をついた。

「一昨日、セントラルから客が来て、みんなでもてなさないといけなかったんだけど」

「へえ、珍しいな。ジルも参加したのか？」

サンドイッチにかぶりつきつつ、アルバートは相槌《あいづち》をうってくれる。

「そうなんだ。私はいつもみたいに使用人と一緒に地下にいるって言ったのに、引っ張り出されて。黙って目立たないようにしてたのに、結局おまえもヴァイオリンを弾けって言われちゃって」

「いいじゃないか、ジルは上手だろ」

「……直前に、ほかのオメガにさんざんに貶されたからさ。ちょっとだけ腹が立って、使用人が余興で弾くような曲を弾いたんだ。そしたら、ミュラー夫人にはもちろん怒られたし、ほかのオメガも怒っちゃって」

「――ジル、待ってくれ。その客って、もしかしてアルファなのか？」

焦ったように遮ったアルバートに、ジルは頷き返した。

「そうなんだ。だから、屋敷に行きたいオメガたちは張りきってたよ」

「そうか……そんなパーティがあったのか」

アルバートは衝撃を受けたらしく、きつく眉根を寄せている。

「ジルも参加したんだな」

「私は参加したくなかったんだけど、母がちゃんともてなせって言うから仕方なくだよ。でも、みんなとは違う曲を披露したせいで、客の興味を引いてしまったんだよね」

「興味⁉」

愕然《がくぜん》として振り向くアルバートに、ジルはかるく笑ってみせた。

「単に珍しかったんだと思う。一応演奏のお礼は言われたけど、それだけだよ」

「……本当か？」

「本当だってば。客だって、その場では物珍しく感じても、わざわざ屋敷に滞在させるのに、私みたいなオメガは選ばないよ。ミュラー家にはもっとふさわしい子たちがいっぱいいるんだから」

「――そりゃ、ミュラー家のオメガなら、誰でも預かりたい貴族は多いだろうけど……ジルは俺のところに来るって決まってるのに、そんなパーティに出なきゃいけないなんて」

「そうだよね」

ジルはため息をついて足を揺らした。

「私が客に媚《こ》びを売る気なんかこれっぽっちもなかったことは、みんなだってよくわかっているはずだ。なのに、客がちょっと褒めたから、許せなかったらしくて。二日経《た》ってもまだ泥棒猫呼ばわりされてる。誰も盗ってなんかいないのに、今朝なんかはちみつの入ったジュースをかけられたんだよ。おかげでべたべたで、朝から湯浴みをする羽目になったんだ」

悪口もいやがらせも慣れてはいる。だが今回はいつもより程度がひどく、その上ほとんどが言いがかりだから、ジルとしてももやもやするのだ。

「あんな幼稚ないやがらせをして——虚しくならないのかな」

唇を尖らせて吐き出すと、アルバートは労《いた》わる表情になってサンドイッチの入ったバスケットを差し出した。

「珍しいな、ジルがそんなふうに言うなんて。ほら、サンドイッチ食べて、少し落ち着け」

「……うん」

ひとつつまむと、アルバートはためらいがちに肩に手を置いた。人間に似た形だが、猫科らしく鋭い爪を出し入れすることができる指を持った、力強い手だ。それがしっかりとジルを抱き寄せる。

「ジルの愚痴を聞くのがいやなわけじゃないぞ。いつでも聞くから、つらいことがあったら打ち明けてほしい」

「――う、ん」

肩を抱かれながらサンドイッチを食べるのは変な気分だった。守るように摑まれた部分から体温が伝わってきて、緊張してしまう。

ジルが強張っているのに気づいているはずのアルバートは、なだめるようにゆっくりと肩を撫《な》でた。

「あの屋敷で過ごすのもあと少しだ。俺のところに嫁ぐまでの辛抱だろ？」

「うん……そうだね」

「うちに来たらいやな思いはさせないさ。おまえを自由にしてやるから」

（……自由、か）

ちく、と胸が痛んだが、ジルは微笑んだ。

アルバートの言う「自由」はジルの言う自由とは意味が違う。けれど、ミュラー家にいるよりは、彼と暮らすほうが、息苦しくはないはずだった。アルバートは、ジルを落ちこぼれ呼ばわりすることはない。

「ありがとう、アルバート」

「未来の夫としては当然だ」

嬉しげに笑い返したアルバートは、ジルがサンドイッチを食べ終えると、今度は手を握ってき

た。

「指先、また荒れてるな」

「……、水仕事、するから」

つう、と指を撫でられて、ジルは思わず手を振り払いそうになるのをこらえた。ざわざわと肌が粟立《あわだ》って、なぜか落ち着かない気持ちになる。

最近のアルバートは、距離を縮めたいとでもいうように、こうしてときどき触れてくる。昔から肩を叩《たた》かれたり背中に触れられたりはしたけれど、今は目の色が違っていた。

気安く、親しみをこめて触られるのは気にならないのに、こうやってゆっくり撫でられるのは――緊張してしまう。

「ジル」

低い声で呼ばれると、びくん、と身体が揺れてしまった。アルバートは強く手を握り、ゆっくり顔を近づけた。

「うちに引っ越してくる日――結婚する日は、いつにする？」

「そ、れはまだ……母と、話してなくて」

「急いでくれ。ジルも早いほうがいいだろう？　また変な貴族のパーティに駆り出されたら困る。ジルが気に入られたら、と思うと心配なんだ」

「……うん。相談、するから」

身を引いてもアルバートの鼻先が首筋に近づいてきて、ジルは全身を硬くしたまま、彼が深く息を吸い込むのを感じた。

「……甘い香りがする」

「気のせいだよ」

ぞくっとして、ジルはアルバートの身体を押し返した。無意識に胸元をかきあわせる。

もうすぐ十八で、ミュラー家のオメガがその務めを果たしに派遣される年になるというのに、ジルはまだ発情期を迎えたことがない。普通ならすでに数回発情を迎えていてもおかしくない年齢だ。発育が遅いのも母を失望させる原因だった。

発情期が来ていなくても性交はできるのだが、そういう衝動や、抱かれてもいいような気持ちになったことがなかった。

アルバートと、いつかはそういうことをするのだとはわかっている。彼のことは好きで、世界で一番心を許せる相手でもある。

でも、今すぐ彼を受け入れられるほど、心が追いついていない。

露骨な拒絶に、アルバートが悲しい顔をした。

「どうしていやなんだ？」

「アルバート……あの、」

なんとか空気を変えようと口をひらきかけ、ジルは丘の下の道に馬車を見つけた。

あの向きなら、ミュラー家を訪ねる馬車だ。ほっとしてジルが立ち上がった。

「ごめんねアルバート。お客様だから、戻らないと」

さりげなくアルバートとは距離を取り、手早くサンドイッチのかごを片づける。アルバートの顔を見る余裕はなく、「またね」とだけ言って背を向けた。

彼には悪いことをしている。

優しくしてくれるのに甘えて、結婚の日を先延ばしにしているなんて、じれったく思われても当然だ。

(でも……どうしてもまだ、そういうことをする覚悟ができない……)

愛されるのはとても気持ちのよいことだ、と教わっても、したいとは思えない。義務として我慢するにしても――あと少しだけ、時間がほしい。

ごめん、と心の中でもう一度アルバートに謝りつつ丘を下り、家に戻ると、馬車はちょうど正面玄関に横づけされたところだった。

二頭立ての、品のいい飾りのついた馬車だ。母の知り合いの貴族が訪ねてきたのだろうか。玄関からは、慌てたように使用人たちが出てくる。

その様子を、裏の畑から前庭へと続く小道の木陰から覗いていると、降りてきたのはディエゴだった。

「あのひと……なんでまた」

思わずつぶやいた途端、足元にあたたかいものが触れた。

びっくりして見下ろすと、鶏が一羽、トサカをふりたてて、ジルを見上げていた。

「ヨーヨー！　おまえなんでこんなところに、」

返事のつもりか、コケー！　と鳴いたヨーヨーは、翼を広げると元気よく走り出した。まるで、「これから追いかけっこしようぜ」と誘うかのようだ。

（そんなことしてる場合じゃないのに！）

追いかけるか、使用人に任せて裏口から身を隠すか。

判断を迷ううちにヨーヨーは一目散に前庭に走り出てしまい、使用人よりも先にディエゴが気がついた。彼はすぐにジルにも気づき、慌てる使用人たちに片手を上げて制すると、歩み寄ってきた。

「やあ」

「……こんにちは」

無視するわけにもいかず、ジルは挨拶しつつ、ヨーヨーに視線を向けた。追いかけてきてほしいのだろう、離れた場所でこちらを窺っている。今にも走り出しそうに身構えているヨーヨーを見て、ディエゴがのんびり言った。

「また逃げてるじゃないか。食べなかったのか」

「――たまたま、献立に鶏が上がらなかっただけです」

彼と話して、また「媚びを売っている」などとやっかまれたくはない。極力そっけなく返事して、用があるなら玄関からどうぞ、と突き放そうとした途端、焦《じ》れたヨーヨーが走り出した。向かうのはまた外庭だ。ジルは慌てて追いかけた。

「こら、ヨーヨー！　外庭に出ちゃダメだ！」

ディエゴの相手などしていられない。

楽しげに逃げるヨーヨーを追いかけ、茂みに飛び込んだところでどうにか捕まえて戻ると、ディエゴはまだ裏庭に続く道に立ったまま待っていた。悪趣味だな、とジルは顔をしかめ、脇を通りすぎようとした。

「その鶏」

「……なんですか？」

「名前をつけたんだな」

「――」

「名前があるなら、もう食べられないな」

おかしそうな笑みまじりの声に、かあっと頬が熱くなった。彼がいるのにうっかり鶏の名前を呼ぶなんて迂闊《うかつ》だった。食用のはずの鶏に名前をつけ、いつも追いかけているなんて――子供っぽいのは、ジルだって自覚している。

ステラだってヨーヨーの名前は知らないのに、と思いながら、ジルは精いっぱい冷静さを装った。

「あなたには関係ないことでしょう」

「微笑ましいと思ったんだ。どうりでその鶏がなついているわけだ」

「……そこ、どいてくださいませんか」

格上の獣人アルファに、しかも客人に向けて取る態度としては最低だ。侮辱していると思われても仕方ないのに、ディエゴは穏やかに目を細めた。

「きみと話がしたい」

「――っ、なんの話があるっていうんですか」

どきっとして一歩後退るジルの前で、ディエゴは居住まいを正した。まっすぐにジルを見下ろし、右手を差し出す。

「ジル。きみを預かりたい」

「預かりたいって……」

それは、どういう意味だろう。

呆然と見返すと、彼の後ろからミュラー夫人の声が響いた。

「ディエゴ様！」

使用人の報告を受けたのだろう、彼女は執事を連れて足早にやって来ると、やや非難がましい目つきでディエゴを見た。

「おいでになるのでしたらご連絡をくだされればよろしかったのに。急ではおもてなしもできませんわ」

「突然で申し訳ない。早いほうが私としてはよかったので、失礼を承知で参りました」

ミュラー夫人と向かいあい、ディエゴは丁寧に詫び、ちらりとジルに視線を投げた。

「先日のパーティで心を決めました。こちらのジルを、我がジークフリード家で預かりたい」

「ジルを、ですか？」

夫人は一瞬呆気にとられた顔になり、焦った笑みを浮かべた。

「ま、まあ、それは光栄ですが、このあいだのパーティではディエゴ様にも不愉快な思いをさせてしまいましたでしょう？　お恥ずかしい限りですが、ジルはミュラー家の名にそぐわないオメガです。ジークフリード家にご迷惑をおかけするとわかっていて派遣するのは、沽券《こけん》にかかわります」

「私は不愉快な思いなどしていません」

「お優しいご配慮ありがとうございます。先日のお詫びも兼ねて、よろしければもう一度会わせたいオメガがおりますから、ご一緒にお茶を召し上がりませんか？」

「いや、結構。私はジルがいい」

「し……しかし」

「どのオメガを選んでもいい、のでしょう？」

ディエゴにたたみかけられ、顔を引きつらせたミュラー夫人は、ちらりとジルとディエゴとを見比べた。

しばらく考えたのち、「それでは」と澄ました顔になる。

「どうしてもとおっしゃるのでしたら、もちろん、喜んで派遣いたしますわ。……ジル、聞いていたわね。すぐに支度をはじめなさい」

彼女はそこでようやくまともにジルのほうを見て、抱いたままの鶏に眉をひそめた。

「なんです、そんな汚い鶏なんか抱えて。ディエゴ様の前で恥ずかしいでしょう。まずはすぐ湯浴みしなさい」

きつい声で命令した夫人は、取りなすようにディエゴに微笑みかける。

「ディエゴ様、本当にご無礼を、大変失礼いたしました。お屋敷に向かわせる日取りはいかがいたしましょう?」

ジルは仮にも当事者なのに、完全にかやの外だった。一言も意向を聞かれないばかりか、アルバートのこともあるのに、ミュラー夫人はそのことさえなかったことのように振る舞っている。

ジルはぎゅっとヨーヨーを抱きしめた。

——いやだ。

囲われて、ディエゴに抱かれるなんて想像もしたくない。アルバートとだってまだ無理なのに、会ってまもないこの男に組み敷かれるのが受け入れられるはずもない。

「できれば、今日このまま連れて帰りたい。必要なものはあとで運ばせますから」

「ま……まあ、今日ですか。それは——光栄ですわ」

普通ならあり得ないことに、再び表情を引きつらせたものの、ミュラー夫人はすぐに切り替えたらしかった。

「こんな嬉しいことはありませんわ。では最低限、着替えるあいだだけ客間でお待ちくださいませ」

「ああ」

頷いたディエゴは執事に案内されて屋敷に向かっていく。夫人はにこやかに見送ったあと、きっと表情を険しくしてジルを振り返った。

「いい加減その鶏を放しなさい、みっともないでしょう！　ディエゴ様と話すあいだ、ご不興を買わないか気が気じゃなかったわ。すぐに肌を拭いて、新しい服を着て、ディエゴ様にはちゃんとお礼を申し上げて、おしとやかに慎《つつ》ましくするんですよ」

まくし立てた母は、ジルが黙ってヨーヨーを下ろすと、腕を摑んで耳元に口を寄せた。

「成人までまだ少しあるけれどこの際関係ないわ、夜はしっかりと励みなさい。なんとしてでも、子供を産んでくるのよ。こんなチャンスは二度とないんですから、ミュラー家の名前に傷をつけないように」

ジルは返事をしなかった。怒るというよりも悲しくて、返す言葉が見つからなかった。

アルバートの名前を出しても無駄なのはわかっている。ラインハルト家なんか気にする暇があったらディエゴにしっかり可愛がってもらえと言われるだけだし、「私は行きたくない」などと言えば、激しく叱責されるに決まっていた。

なにか言うだけ無駄だ、と思えば、やるせなくて悲しい。

ジルの表情を見ると、ミュラー夫人は眉を吊り上げた。

「その反抗的な顔！　どうしておまえはそういう顔しかできないの？　もううんざり」

「――」

「ディエゴ様の前では絶対にしてはいけませんよ。ミュラー家のオメガとして、ちゃんと役目を果たしてきなさい。……できないなら、」

とん、とジルを突き放し、母は軽蔑する目つきで言い放った。

「おまえは本当に勘当にします。ミュラー家からは出ていってもらいますからね。惨めに身体を売りたくなかったら、せいぜい頑張ってきなさい」

ほら早く行って、と急《せ》き立てられ、ジルは一言も発さないまま背を向けた。

ヨーヨーはいつもと様子の違うジルがわかっているのか、おとなしくとことことついてきて、鶏小屋の戸を開けると自分で入った。じっと見上げられ、「いい子だね」と微笑んで、ジルは戸を閉めた。

裏口から入ると、なにも知らないメイドが朗らかに声をかけてくる。

「ジル様、デートはもう終わりですか？　もう少しゆっくりしてきたらよかったのに」

「うん」

言葉少なに返し、階段を上がって自室に向かうあいだも、心はひんやりと冷たかった。

黙々と支度し、遅いと叱られながら客間に向かう。ディエゴは立ち上がって迎えたが、その精悍《せいかん》な顔を見ればよけいに気持ちが閉ざされていく。

母にもディエゴにも無言を貫いて、彼の乗ってきた馬車に乗せられると、まるで悪夢の中にいるような心地がした。

ほんの一時《いっとき》前には、アルバートといつものように会って、面白くないが平和だろう未来に、贅沢《ぜいたく》な憂鬱を感じていた。今はもう、憂鬱に思っていた未来さえ望めないのだ。

（……いやだ。行きたくない）

正面玄関前の馬車寄せから走り出した馬車は、速度を上げて屋敷から遠ざかっていく。前庭を出て外庭を通り、敷地の外へと下り坂を進み、広い公道に出ると、緑の丘の上の屋敷は遠く見えた。

好きだったわけではない家だけれど、ジルはここしか知らない。窮屈に感じていた屋敷を出て、今まで一度も行ったことのないセントラルへの道の上にいても――楽しいどころか、ただ苦痛だった。

重々わかってはいた。あの家を出るということは、違う籠の中に閉じ込められるということ。

アルバートのところだろうと、ほかの獣人アルファのところだろうと違いはない。でも、諦めていても、この扱いはあんまりだ。

せめて一言、アルバートに説明する時間くらいほしかった。

（いくらジークフリード家だからって、身勝手だ）

ミュラー夫人は田舎貴族だとさんざん馬鹿にしていたが、ラインハルト家だって貴族で、すでに決まっていた約束があるのに、まるでそんなものはどうでもいいと言わんばかりだった。

このことを知ったら、アルバートだって傷つき、悲しむのに、彼のことまでただの駒としか考えていないなんてひどい。

アルバートさえ軽んじるくらいだから、ジルなどただのモノにすぎないのだと、改めて思い知った。

明日からは、ディエゴが自由にジルを使うのだ。

身体に触れられる、と思うと寒気がした。

（絶対いやだ。いや——だけど、私には、どうすることもできない）

ただの道具でしかないジルには、選ぶ権利も、決める権利も、拒否する権利もない。

窓枠にできるだけ身を寄せ、外ばかり見ているジルに、ディエゴがそっと声をかけた。

「急なことで驚かせてしまったか。すまなかった」

真摯《しんし》な口調も、ジルには口先だけの謝罪にしか聞こえなかった。身じろぎもしないでいると、ディエゴはなだめるように言った。

「なんなら、あの鶏も連れてくればよかったな。寂しいなら、使いの者をやって取ってこさせよう」

「——やめてください」

自分のために、ヨーヨーが親しんだ場所から引き離されるのはあまりにかわいそうだ。それに、ジークフリード家では今までどおり脱走して遊ぶことだってできないはずだ。

どこまで勝手なんだ、と睨めば、冷ややかでも反応があったことにほっとしたらしいディエゴが微笑みかけてくる。

「私の屋敷にも鶏はいる。必要なものやほしいものがあればなんでも揃えさせる。外の景色が好きなら、眺めのいい部屋をきみにあげよう」

「……鶏はいらないですし、部屋もどこだっていいです」

そういうことじゃない、と説明しても、彼にはわかってもらえないだろう。

窓から振り返ってみても、屋敷はもう見えなくなっていた。手と額を窓につけて外を見つめながら、ジルは小さく唇を動かした。

(ごめんね、アルバート)

こんなふうに会えなくなるとわかっていたら、もっとちゃんと話をしたのに。

彼には、ジルがジークフリード家に引き取られたことがどう伝えられるだろう。誰もなにも伝えないかもしれない。黙って消えたジルを、アルバートが心配しなければいいけれど。ステラやメイドたちにだって、なにか一言伝える時間があればよかった。

わずかな猶予もなくジルは籠からつかみ出され、そうして次の籠へと運ばれている。

馬車は速度を上げて森を抜け、セントラルへと向かっていく。

いつかセントラルくらいは見てみたい、と思っていたこともあったのに、心はちっともはずまなかった。


一時間ほど走り、馬車がとまったのは、延々と続く石塀の先に現れた、大きな門の前だった。幅は馬車が三台は並んで通れそうなほど。古めかしい石の門柱も、黒鉄製で上部に槍《やり》の穂先に似た飾りを持つ鉄柵門も、見上げるほど高い。

その巨大な門を門番が開けてくれ、馬車は塀で囲まれたジークフリード家の敷地に入った。

セントラルのすぐ近くだというのに、ミュラーの敷地よりもはるかに広いようだ。直線的な道は折れ曲がりながらどこまでも続いている。

道に沿ってところどころに建物がある。どれもミュラー家の屋敷以上の大きさで、貴族の母屋でもおかしくない、重厚な館ばかりだ。しかし馬車はとまらず、いくつもの建物の前を通りすぎてゆく。

ようやくとまったのは、敷地のかなり奥、今まで見た建物の中でも一番大きくそびえ立つ、灰色の石造りの建物の前だった。

尖頭《せんとう》アーチが目立つ玄関に、縦長の窓。高い塔を持つ石の館は、家というより城のようだ。灰色一色のそっけない色彩のせいか、遠目に見る村の教会よりも荘厳な雰囲気があり、一歩足を踏み入れるとその広さにも驚かされた。

玄関ホールだけでも百人規模のパーティがひらけそうだ。見慣れない形の梁《はり》に支えられた天井もはるかに高い。外はあたたかいのに室内はひんやりと涼しく、太い円柱は一本一本シンプルな装飾がほどこされ、機能的ながらも美しかった。

（ジークフリード家って、本当に別格なんだ……）

広大な敷地とこの屋敷だけでも、思い知らされる。礼をわきまえない突然の来訪も、急にオメガをさらうような真似をするのも、ジークフリードの者だから許されるのだ。

圧倒されていると、奥から小さな影が近づいてきた。

「お待ちしておりました、ジル様」

名前を呼ばれて見下ろすと、ぴんと立った二本の耳が揺れた。ぷっくり膨れた頬に、ぴこぴこよく動く鼻。黒い襟の目立つ裾の長い上着を羽織り、ちょこんと蝶ネクタイを締めているのは、小柄なうさぎの獣人だった。

「従者のノルンと申します。お屋敷でのジル様のお世話はわたくしがいたします。よろしくお願いいたします」

澄ました声で挨拶され、ジルは戸惑ったまま頷いた。

「ありがとう……よろしく」

専属の世話係なんて初めてだ。ジークフリード家なら預かっているオメガも多いだろうに、いちいち世話係をつけているのだろうか。

「部屋には私が案内しよう」

ディエゴは先に立って玄関ホールを奥に進んだ。

建物は表から見るよりもさらに奥が深いようで、中庭を通って別の棟に入ると、今度は階段を上がっていく。三階まで上がり、どっしりとした木製のドアのひとつを、ディエゴが開けてくれた。

ドアの正面にある窓からは、ディエゴが言っていたとおり外の眺めがよく見える。ベッドや長椅子、テーブルなど、必要なものがひととおり揃った室内は広い。よく磨かれて飴色《あめいろ》に光るテーブルや椅子の脚は手の込んだ彫刻が美しかった。広いベッドのシーツはなめらかな光沢を放つ絹で、長椅子の張り地は豪奢な花が織り出されたものだ。

どの調度品ひとつとっても、ミュラー家にあるものより高価だろう。

「ここを、私が使うんですか?」

思わず確認してしまうほど、ジルは驚いていた。

だって、ジルはただのオメガだ。アルバートのところのように妻として迎えてもらうわけではなく、大勢いるオメガのひとりとして来ただけならば、もっと小さくて質素な部屋でもかまわないはずだった。

ディエゴは怪訝《けげん》そうに首をかしげた。

「ああ、そうだが。気に入らないか？　一階や二階にも使える部屋は用意しておいたが、きみは眺めのいい部屋のほうがいいんだろう？　いやなら別の部屋に案内する」

「——いえ、ここでいいです」

これじゃ豪華な客間だ、と思い、ジルは服を握りしめた。

世話係をつけ、美しい部屋に滞在させるような待遇を、ジークフリード家では囲っているオメガ全員に与えているのだろう。

（高待遇なのは、もてなすかわりに義務を果たせっていう意味か——本気で私に子供を産ませたいんだな）

無論、獣人アルファがオメガを預かりたいと言うときに、ほかに理由があるわけもないのだが、それだけ後継ぎ作りに力を入れているということだ。

今夜にでも組み敷かれるかもしれない、と考えると、胃のあたりがぎゅっと痛くなった。

緊張したジルに、ディエゴはのんびりと言った。

「夕食の時間は七時で、今日は私と一緒だ。その時間まではゆっくり疲れを癒すといい」

穏やかだが、ジルの意思などかけらも考えていない口調だった。

「この部屋は西の離れにある。西の離れはジークフリード家で預かるオメガの住まいになっているから、この中では自由にしてかまわない。一階のサロンではオメガ同士でくつろぐこともできるし、楽器も用意してある。ヴァイオリンもあるから、好きに弾いてくれ。普段の身の回りの世話はこのノルンがしてくれる」

黙って控えていたノルンは、後ろで手を組んだまままかるく頷いた。

「なにごともまずはわたくしに言いつけてください。必要があればわたくしのほうで対応いたします」

「庭に出るのも自由だが、必ずノルンに庭に出ると伝えてからだ。……ノルン、ジルの服を選ぶのを手伝ってやってくれ」

「かしこまりました」

ノルンがお辞儀すると、ディエゴは満足げに頷いた。

「わからないことがあったときもノルンに聞けばいい。なにか質問は？」

一方的な口ぶりに、ジルはちくちくした苛立ちを覚えた。

変わったひとだとは思っていたが、どうやら、他人の気持ちを考えることもできないらしい。

初対面のときは誠実に感じた口ぶりも、今となっては尊大に聞こえる。

ジルがオメガだから、心や気持ちなどどうでもいいのかもしれないが——よくここまで、ジルの感情に無頓着でいられるものだ。彼は一度だって、ジルの意向を確認していない。

(このひとも、結局はアルファなんだ)

友人になれたかも、などと感じたことのある相手だからこそ、ディエゴの態度が悔しかった。

「質問してどうなるっていうんです?」

どうしようもなく苛立って、その分、声は平淡になった。

「聞いたところで、私にはなにも、どうにもできないのに」

「……ジル?」

「ジークフリード家の一員で権力を持ったあなたにはわからないでしょう。私がどんな気持ちかなんて」

戸惑ったディエゴの顔を見ると、よけいに心がささくれた。

「あなたの気まぐれで簡単に家を放り出されて、もう行く場所もないんです。せめて静かに生きていきたいと思っていたのに、あなたのせいで台無しだ」

目の前のディエゴを睨みつけながら、一番腹が立っているのはミュラー夫人に対してだった。アルバートのもとに嫁ぐと決まっていて、あれほど厄介な鼻つまみ者みたいな扱いをしておきながら、ジークフリード家の者が来たとわかったら簡単に自分を差し出す、あの態度が嫌いだ。夫人だけではない。自分だけ異分子のようなあの家のひとたちを、ジルは好きになれたことがない。いつも場違いな心地ばかりで、苛立ったこともあればせつなくなったこともある。嘲笑されるたび、そんなに自分がおかしいのだろうかと思いながら、アルバートの家に嫁げば楽になるはずだと思って暮らしてきたのに――その日々を、ディエゴは呆気なく壊してしまった。

震えそうな唇を噛んでさらにきつく睨むと、ディエゴはあろうことか、微笑んだ。

「なんだ、そういうことか」

「……なんだとは、なんです。失礼だ」

予想外の反応にジルは面食らったが、ディエゴは上機嫌だった。

「すまない、気に病むことはないと言いたかったんだ。俺はきみのそういうところが気に入ったんだから」

「――気に入った？」

「ああ。なんとしてでも子供を産もうと躍起になるオメガは、正直苦手なんだ。どう扱っていいかわからないし、我先にと思うからオメガ同士で揉《も》め事を起こしたりもする。俺は今すぐに子供がほしいわけじゃない。ただ、兄に言われて、体裁だけでもオメガとは関係を持てと言われてね。それで、せめて自分の好みで選びたいと言って、ミュラー家を訪ねたんだ。幸い、きみが見つかってよかった」

屋敷に戻り、プライベートな空間にいるからか、ディエゴは一人称も口調もややくだけた、親しみやすいものになっていた。だが、そんな気安い調子で説明されても、それなら嬉しいです、などと思えるわけもない。

「……それは、私のようなオメガなら、子供を産みたがらなくて楽だから選んだ、と言っているんですか？」

なんて失礼な男だろう。

呆れて尖ったジルの声にも、ディエゴは頓着した様子がなかった。

「そう思ってもらってかまわない。いわばこれは、契約だ」

「――契約」

「俺はここでの生活は不自由がないようにとりはからう。ほしいものがあれば揃える。そのかわりきみはここに滞在するという契約だ。しばらく滞在してもらえば俺の家族の気もすむだろうし、そうしたらミュラー家に帰すから」

犬か猫の子でも扱うかのような口調だった。

いや、それよりももっと気軽な――身につける小さなアクセサリーを貸し借りするだけのようだな。

ざっと胸の内側が毛羽立って、ジルはつい手を振り上げていた。

考えるより早く、自分より高い位置にあるディエゴの頬を平手打ちする。

毛に当たった手のひらは、ぼす、と鈍《にぶ》い音をたてて弾《はじ》き返され、じんわりと痛んだ。

「――ジル？」

「出ていってください」

呆気にとられて、なにが起こったかよくわかっていないらしいディエゴの前で、ジルはドアを指さした。

「今すぐ出ていって、今すぐ!」

「わ、わかった」

剣幕に押されたのか、ディエゴがそそくさと部屋を出ていく。ジルは追いかけるようにして自分でドアを閉め、そこに背を預けて大きく息を吐いた。

「信じられない」

獣人アルファというのは、どこまで傲慢なんだろう。

彼は全然わかっていない。一度家を出たオメガが、子供を産まずに戻ることの意味がわかっていたなら、笑顔で「家に帰す」だなんて言えるわけがないのだ。

子供を産めずに帰されたオメガは役立たずだと思われる。普通なら、それでも数回はチャンスがあるけれど、ただでさえ厄介者扱いで、今日だって「勘当する」と脅されたジルが、役立たずの烙印《らくいん》をおされたら、今まで以上に風当たりは強くなり、居心地が悪くなるに違いなかった。

それに、アルバートだって、一度よその貴族に捨てられたオメガなんて――仮にアルバートがそれでいいと言ってくれたとしても、彼の家族が許すだろうか。

ラインハルト家に拒絶されれば、本当に母はジルを勘当しかねない。慰みものに使うような場所に売られるかもしれない。それこそ、文字どおり鎖につながれるような。

勘当されて売り払われるオメガはジルくらいなものかもしれないが、でも、オメガが子供を産めずに出戻れば、価値は絶対に下がる。ディエゴはそういう事情を知らないのだ。

それはつまり、知る気がない、ということだ。紳士的に見える彼でさえ、根の部分ではオメガを「人間」とは思っていないから、オメガの事情になど頓着しない。

自分のことなのに、自分では居場所ひとつ決めることができない。

(私が籠の鳥なら、あのひとは最低な飼い主だ。……私たちは、飼い主を選べない)

胸をふさぐのは、ずっと見ないようにしてきた不安だった。

自分にはなにもない、という事実。

望む幸福は決して得られず、心からわかりあえる親しいひとも存在しないのだという——悲しみと孤独が、のしかかってくる。

ジルは再びため息をつきそうになり、目を閉じた。

(そんなの、わかりきってたじゃないか。どこだって同じ。ここでだって、絶望しようが抵抗しようが、事実は覆《くつがえ》らないんだから)

そう自分に言い聞かせ、なんとか少しでも気分を変えようと窓を開けた。

さっと吹きつけてくる風は嗅いだことのないにおいがした。

広大な庭の木々の向こうには、びっしりモザイクタイルを敷きつめたような巨大な街——セントラルが一望できる。

「……眺めだけは、ほんとにいいな」

ミニチュアのように並ぶ白や茶色の建物が、青い空に映えて美しかった。見たいと願っていた景色に、ほんの少しだけ、心が明るさを増す。

想像よりずっと大きな街だった。少しずつ異なる色合いの屋根の下では、たくさんのひとが生活しているのだろう。

想像しながら視線を移していくと、連なった屋根の向こうには鈍色《にびいろ》に光る平らな場所がある。しばらく眺めて、あれが海だ、と気がついた。

「――すごい」

感嘆の声が漏れる。

海を見られるとは思わなかった。この風にも、海のにおいが混じっているのかもしれない。

初めて見る世界だ。憧れていた街と海。果ての見えない海は遠くから見るだけでも気が遠くなりそうに広い。近くまで行ったらどれほど大きいのか、想像もつかなかった。

ミュラー家の屋敷とその周囲の森しか知らないジルにとっては、心細くなるほど広い世界に圧倒され、一瞬だけ、このまま飛びたい、と感じた。

鳥になってあの海まで行きたい。この窓から飛び立って、自由に、遠くまで行ってみたい。

でも、決して行くことはできないのだ。

ミュラー家から出て、違う場所に来ても、ジルに許されているのは今いる建物の中だけ。

ジルは静かに窓を閉めた。

世界の広さを実感し、胸を躍《おど》らせたあとで部屋を振り返れば、贅沢な部屋は色あせ、ただの檻《おり》にしか見えない。しゅんと気持ちがしおれて、ディエゴのせいだ、とジルは長椅子でクッションに顔を埋《うず》めた。

彼さえいなければ、この渇望も、絶望も知らずに、小さな世界で息苦しく思いながらも、なんとか幸せを感じられただろうに。

＊　＊　＊

ディエゴは頬を押さえて、呆然と立ち尽くした。

頬を押さえたのも初めてなら、廊下で立ち尽くすのも初めてで、もちろん、ひとから平手打ちされたことなど人生で初めてだ。

たしかに、ジルはどこに跳ね返るかわからない若木のようだと思っていたが……まさか、叩かれるとは。

かたく閉ざされたドアを見つめたまま、ディエゴはやっと手を下ろした。

痛みはさほどない。だが衝撃はまだ抜けなかった。脳裏には、「出ていって」と叫んだジルの顔が焼きついていた。

泣き出しそうに見えるほど悲しげな顔だ。それに声も、少し震えて刺々《とげとげ》しかった。あれはたぶん、怒っていたのだろうと思うが。

(平手打ちにするくらい、怒っていたのか、彼は)

どうしてそんなにジルが腹を立てているのか、ディエゴにはわからない。

事前連絡もせずに急に連れてきたのは強引だったかもしれない。だがオメガだ、獣人アルファの館に預かられる心の準備くらいは、常にできているものだろう。

ジルは賢そうだし、事情を説明すれば納得してくれると思っていた。一生この屋敷にとどまれと言ったわけでもなく、ちゃんと屋敷に帰すとも伝えた。

なのに、なぜ怒るのだろう。

(もしかして、俺のことがそれほど嫌いなのか？　顔が苦手だとか？)

出会った日もパーティの日も、生理的嫌悪を催されているとは感じなかったのだが……ジルのことは、まったくちっとも予測がつかない。ほかのオメガとは違いすぎる。

もちろん、そこがよくてジルを選んだのだが、叩かれるほど嫌われるすじあいはないとも思う。

もう一度話しあったほうがいい気がして、ディエゴは扉に歩み寄った。ノックしようと拳を上げかけ、ディエゴはそのままとまった。

聞きたい。なぜ怒っているのか。なぜ叩いたのか。

不満があるならちゃんと言葉にしてほしい。泣きそうにするほどいやなら、改善できることは譲歩してもかまわない。

そう思うのに、ノックをするのはどうしてかためらわれ、ディエゴは結局踵を返した。

(今はまだ怒っていて、ジルも冷静ではないだろう。話しあうなら時間をおいたほうがいい)

そう考えてジルの部屋を離れかけ、ディエゴはまた足をとめてしまった。

(いや、待て……泣きそうだったのだから、もしや今、ひとりで部屋の中で泣いているということもありうる。その場合は慰めたほうがいい——のか?)

ジルは簡単に泣くような性格には見えなかったが、怒りのあまりに涙をこぼすこともないとは言えない。

ディエゴとしても、ジルを泣かせたくはなかった。傷つけたくて連れてきたわけではないのだ。ただ協力してほしかっただけ。

やはり一目見て、泣いていないか確かめよう、と部屋の前に逆戻りし、ノックしかけ、再びディエゴは拳を下ろした。

かける言葉が見つからない。

自分でももどかしくて唸《うな》り声が漏れる。廊下をこんなにうろうろするのだって生まれて初めてだ。

「ディエゴ様……ジル様に用があるんですか？　ないんですか？」

急に呆れた声をかけられて振り返ると、ノルンが後ろで手を組んで立っていた。

「御用があるのでしたらわたくしが取り次いでもかまいませんが、ないんでしたらさっさと行かれてはいかがでしょう。わたくしとしても、ディエゴ様がうろうろしていると、従者としてどのように振る舞うべきか判断しかねますので」

冷静沈着で口調も堅苦しいノルンは有能な従者だが、ときどき主人たちに対しても容赦がないのが玉に瑕《きず》だ。

「すまない。――ジルに用はないよ。あとでいい」

手を振って下がっていいと合図し、ディエゴは今度こそジルの部屋から離れた。階段を降りながら、これでいいのだ、と思うことにした。

ジルは少しそっとしておいてやろう。突然のことで混乱しているだけかもしれないから、夕食後に落ち着いたら兄たちに紹介し、そのあともう一度話せばいい。

不自由はさせないと再度約束し、なにかしてほしいことがあれば遠慮しなくていいのだと、よく説明しよう。不安がることはなにもないのだと。

なんなら、明日か明後日には、セントラルまで遊びにつれていってやってもかまわない。好きなものを聞いて、食べ物でも動物でも用意してやって――兄たちが納得するまでのあいだは、精いっぱい大事にしてやりたい。

もちろん、普通のオメガにはそんなことはしない。だが、ジルには自分の猶予期間につきあってもらうのだ、相応の誠意は示すつもりだった。

いずれはディエゴも、ジークフリード家の一員として、責任ある立場になり、子孫を残すという義務も果たす日が来る。それから逃れようとは思わないが、せめて自分でもその地位にふさわしいと思えるようになるまで、時間がほしい。

ジークフリードの名前がどれほど重要か理解しているからこそ、気軽に考えて行動したり、決断したりするわけにはいかない。

自分で納得し、貴族としての義務を果たす覚悟を決める時間を確保するためにも、ジルとは良好な関係を築かねば。

ディエゴは改めて、そう決意した。

第三章　衝突と悲しみ

どんなに腹を立てたところで、ジルはディエゴの命令に背くわけにはいかなかった。即日ミュラー家に帰されるようなことがあれば、それこそ勘当だろう。身売りさせられる、と思うとどうしてもぞっと悪寒が走った。見ず知らずの相手と寝るなんて絶対に無理だ。

苦手なことがあるのは弱みだなと思いながら、ジルはノルンが選んだ服を身につけ、先ほどの失礼に不安になりながらディエゴと夕食をともにした。

黒い服は首元を紐でとめるもので、前はしっかり隠れるが、背中は大きく開いたデザインだ。オメガがよく着せられるこの服は、見た目が華やかなのと同時に、脱がせやすい構造でもある。

愛玩されるための服をまとっても笑顔ひとつ見せないジルに、ディエゴはなにも言わなかった。どうやら彼も昼間のことが尾を引いているらしく、態度は気まずそうだった。お互い口数が少ないまま気づまりな食事を終えたあとは、会わせたいひとがいるからと案内された。

連れていかれたのは本館の応接間で、部屋の中ではディエゴの兄たちがすでに待っていた。

「兄上。こちらは私の選んだオメガです。ジル、正面が長兄のゲラルトだ」

「――ジルと申します」

右足を引いてかるくお辞儀しつつ、ジルは緊張を隠せなかった。

正面の椅子に座っているのは、白銀の美しい毛並みを持つ狼の獣人だった。

ディエゴよりもさらに大きいが、十分に離れていても竦むような威圧感を感じるのは、見たこともない巨軀のせいではなかった。

（ひと……じゃ、ないみたい）

まるで神話から抜け出してきた特別な生きもののようだ。泰然としているのに、その力の強さ、獰猛《どうもう》さが気配となって溢れ出すような神々しさがあった。冷ややかで静かな目と視線があうと、自然と息がとまってしまう。

強張ったジルに向かって、ゲラルトはごくわずかに顎を引き、頷いたようだった。視線はジルから逸《そ》らさず、観察しているようにも感じられる。

「横にいるのが次兄のトネリア」

ディエゴの紹介にあわせて、ジルはゲラルトの横の長椅子に座ったもうひとりの狼の獣人へと顔を向けた。

こちらはディエゴたちに比べれば少しだけ身体が小さい。灰色の毛並みで、色合いのせいか、心なしか艶がないようだ。片眼鏡をかけていて、やや細身の身体つきなので、物静かな学者風に見える。ジルがお辞儀すると、困ったように視線を逸らされてしまった。

二人とも、まともな挨拶はしない。立ち上がることさえしないのは、ジルがオメガだからで、初対面で握手を求めたディエゴが異例なのだった。

実際、少なくともゲラルトはジルを対等な人間だとは思っていないようで、無遠慮なほど眺め回したあと、ジルにではなく、ディエゴに向かって「ミュラー家だったな」と確認する。

「はい。あちらで預かっているオメガではなく、夫妻の実子で、間違いなくミュラー家のオメガです」

「ならば性能も問題はないだろう。——だが、ひとりだけなのか？」

性能か、と皮肉っぽい気分で聞いていたジルの背中に、ディエゴが手を添えた。

「ええ、ひとりです。ですが、約束どおり自分で選んできたんです。当面はひとりでも十分ですし、これ以上の心配やお節介は不要です」

わずかだがディエゴの口調が硬かった。ゲラルトはもう一度ジルを眺めたあと、仕方なさそうに頷いた。

「五人はほしいところだが、仕方ないな。自分で選んでつれてきただけでも進歩だ」

「ありがとうございます」

ディエゴはほっとしたようだったが、聞いていたトネリアが不満げな声をあげた。

「兄上は相変わらずディエゴには甘いですな。なるほど美しいオメガではあるが、たったひとり選んできたと自慢されても困るでしょう。正式な妻をめとるわけじゃない、子をなしにくい我らはできるだけ多くのオメガと関係を持つのが義務でもあるのに」

「わかっている、トネリア。だがディエゴに、いきなりちゃんとしろと言っても無駄だろう。進歩があったことは認めてやらねば」

「そうですよトネリア兄さん。これでもジークフリード家の一員として、少しずつでも義務を果たそうとしているんです。努力は、トネリア兄さんも認めてくれるでしょう？」

「……認めないとは言っていないよ」

「ありがとうございます。このあとも努力しますから、あまり口出ししないで、私たちのことはそっとしておいていただきたい」

まだ文句を言いたげなトネリアをそう言ってかわすディエゴに、ジルはちょっとだけ驚いた。子供はほしくない、というのはただの建前かもしれないと思っていたが、彼は本気ですぐに子供を作る気はないらしい。

そっとしておいてくれ、ということはつまり、後継をせっつかないでくれ、という意味でしかない。

ジルのことは楽そうだから選んだと言ったくせに、そのへんを伏せてごまかすあたり、誠実ではあるが馬鹿正直ではないようだ。

（よほど兄たちから「ちゃんとしろ」とせっつかれてうんざりしていたんだろうな。一番上のお兄さんは私のことも性能がどうとか言うくらいだもの。家の存続に熱心なのは獣人アルファとしては当然なんだろうけど）

オメガがいなければ子孫が残せない獣人アルファは、家を残すためには望まなくてもオメガと交わらなくてはならない。

それが、ディエゴにはいやだったのかもしれない。役割を強制されるのが苦痛な気持ちはジルにもわかるから、そこだけは同情した。

貴族のくせにたったひとりで、馬に乗ってオメガの屋敷を訪ねてくるくらいだ。素直に屋敷にいるオメガを抱いておけば、そっちのほうがずっと手間もなく、楽だろうに。

(……アルファはアルファで、大変なこともあるのかも)

ディエゴが呼び寄せられ、ゲラルトのすぐ横に座って話をはじめるのを見ながら、ジルはぼんやりとそう思った。

ディエゴの身勝手さを許そうとは思わないが、昼間の激情はさすがになりをひそめていて、冷静に考える余裕も戻ってきていた。

彼の事情はわかった。それに、こうして連れてこられた以上、ジルに取れる最善の方法は、ディエゴの言うとおり一定期間、問題を起こさずにこの屋敷で過ごすことだ。

幸い、子供を望まないというなら、ディエゴとは身体を重ねる必要はなさそうだ。だったらミュラーの屋敷で過ごすのと大差はない。

馴染みの使用人やヨーヨーや、アルバートがいないぶん、ここでの生活のほうがずっと退屈そうだが……それはもう、仕方ない。

(帰ったあとで私がどうなるかも、今から気に病んだって仕方ない)

アルバートに手紙だけでも送れればいいんだけど、とジルはため息を呑み込んだ。

彼に会いたかった。

心配をかけるのも申し訳ないし、こんな事態になってしまったことも謝りたい。戻ったら、できれば予定どおりに、ラインハルト家に嫁げればいいけれど——それが無理でも、けっしてアルバートを軽んじたわけではないのだと、伝えたかった。

「ジル、と言ったか」

ふと声をかけられて顔を上げると、トネリアが自分の向かいの長椅子を指差していた。

「兄とディエゴは仕事の話をしています。少し長引きそうだから、座って待っているといい」

「……ご親切に、ありがとうございます」

ジルは膝を折って挨拶し、彼の向かいに腰かけた。

失礼にならないよう控えめに、改めてトネリアを見る。毛並みの色や体格だけでなく、彼はゲラルトやディエゴに比べるとどこか地味だ。

「トネリア……様は、ご一緒に話はされないのですか?」

黙って座っているだけなのも退屈で、ジルはそう声をかけてみた。オメガとなんて会話したくない、という態度を取られれば黙るつもりだったが、トネリアは気分を害した様子もなく、ちらりと兄弟を見た。

「今話している内容は私には関係がないからです。ディエゴはゲラルトの仕事を手伝っているが、私は彼らとは別に仕事をしています」

「……なるほど」

話してはくれるが、他人行儀な態度は変わらない。トネリアは一瞬ジルを見ると、なにかいけないものを見たように顔を背けてしまい、ジルは会話を続けるのを諦めて部屋を眺めた。

応接間だと思ったが、壁際には本棚があり、書斎のようにも見える。家具は樫《かし》材で統一されていて重厚で、ジルに与えられた部屋とはだいぶ趣きが違う。実用的で無骨な雰囲気が狼の獣人にはよく似合っていた。

中でも、威風堂々とした美丈夫のゲラルトは、いかにもこの部屋の主といった感じだ。威厳のある無表情を保ったまま、彼はどうやらディエゴを説得しているようだった。

「とにかく、今回はおまえが行ってくれねば困る。私は手が離せないんだ」

「ですが、それで先方が納得しますか？　私が行って、なんだ代理かと腹を立てられては困るでしょう」

「そんなことで腹を立てるようなら、この話はなかったことにしていい。仕事相手の価値を見誤るような人間では、これから先が思いやられるからな。今回は相手の器を見極める意味もあるんだ。おまえもそろそろ、そういう責任のある仕事をしてくれなくては」

ディエゴは渋っているようで、話はまだまだかかりそうだ。

退屈だな、と再び部屋を見回したジルは、トネリアが懐《ふところ》から取り出したものを見て目を丸くした。

変わった形の、楽器のようなものだった。棒の片側はベルのように大きく膨らんでいる。柄はくにゃりと曲がり、途中から色が変わっていた。

小さな笛の類《たぐい》だろうかとジルは思ったが、トネリアは続けて小箱を取り出し、ベルのような部分になにやら乾燥した葉のようなものをつめはじめた。

「なんですか、それは？」

あんなもの、見たことも聞いたこともない。思わず聞いてしまうと、トネリアは驚いたようにジルを見た。これか？　と言うように手にした道具を持ち上げて見せられ、ジルは頷いた。

「すみません。初めて見たので」

「……これは、パイプだ」

トネリアは手元のパイプを見つめ、初めてジルに向かって笑顔を見せた。

「煙草草《たばこそう》という特別な植物の葉を乾燥させて、それをこのパイプで燃やし、芳香や味わいを楽しむのです。――よければ、近くで見てかまいません」

彼は少し横にずれてくれ、ジルは迷ったものの、彼と同じ長椅子に座り直した。

見せられたパイプはよく磨かれた木製の部分と、黒い金属の部分があって、トネリアは指差して教えてくれた。

「こちらが吸い口、ここがボウル・トップといって、煙草の葉はここにつめるのです。よくほぐして、こんな感じで八分目くらいまでつめたら、表面に火をつける」

「火をつけて楽しむなんて、変わってますよね」

「煙草の葉はそのままでも香りがいいが、燃やすとまた独特の香りがするのだよ。……嗅いでみますか？」

やや遠慮がちにトネリアは小箱を出し、ジルは受け取ってにおいを嗅いだ。

たしかに、ほかの植物にはない香りで、ハーブとも違う。火のついたパイプからは、煙と一緒にもっと強い香りが立ち込めて、少しくらくらした。

「こうやって、嗅いで楽しむんですね」

「いや。この吸い口から、煙を吸い込むのです」

「煙を⁉」

そんなの絶対苦しいだけだ。目を丸くすると、トネリアは実際吸ってみせてくれた。深く吸い込み、鼻や口から煙を吐き出す。

「……咳《せ》き込まないんですか？」

「最初は咳き込む者もいるとも。だが慣れると、このかぐわしい煙を吸うのが癖になりましてね」

トネリアはどこか得意げにもう一口吸って見せ、眩しそうに目を細めてジルを見た。

「なかなか好奇心旺盛なオメガなようだ」

「……すみません」

トネリアはジルに対する態度を決めかねているのか、口調も安定しない。いろいろ質問したりして、不愉快に思われたかもしれないと思い、ジルは身体を引いて謝った。気づけばいつのまにかトネリアに近づきすぎていた。

トネリアは首を横に振った。

「喫煙の文化は海の向こうのものだから、こうして興味を持ってくれる人は少ない。悪い気はしないから安心しなさい」

「はい」

ディエゴとはまた違った意味で変わったひとのようだ。煙越しにじっと視線を注いでくる一方で、ジルと視線があうと微妙に目を逸らしてしまう。

「――弟はずいぶんと事を急いだようだから、なにか不自由があるのではないですか」

「大丈夫です。過分なほどの待遇で、恐縮しているくらいですから」

目はあわせないが、毛嫌いされているとか、見下されているというわけではないようだ。引っ込み思案な性格なのかも、と思うと、ジルはほっとした。

トネリアからは獣人にありがちな威圧感がないので、彼が相手だとあまり緊張せずにすむ。ゲラルトなら、きっとこんなふうに会話はしてくれないだろう。

お気遣いありがとうございます、と微笑むと、トネリアもほんのわずかに笑みを浮かべた。

「ディエゴに言っても埒《らち》があかないことがあれば、僕に言ってくればいい」

「トネリア様に？」

「僕は貿易会社を経営している。煙草パイプのような船来のものも簡単に手に入るし、人脈も多いからなんでも都合がつけられる。珍しいお茶や本、宝石、なんでもね」

「貿易……なら、船に乗ったこともあるんですか？」

ジルはつい身を乗り出した。船も憧れの乗り物だ。だって、あの大きな、違う国へと続く海を渡る唯一の乗り物なのだから。

トネリアは相変わらず眩しそうな目つきをしながら首を振った。

「いや、僕は監督する立場だから、船には乗らない」

「……そうなんですか」

「だが、知識はある」

胸を張ってみせる様子は自慢げだった。

「何隻《せき》も船を所有しているし、海図も見ることができる。乗りはしないが、知識と技術は十分だよ。貿易業を営むには、様々な知識が必要だからね。たとえば、珍しい作物が持ち込まれたとき、知らない、では話にならない。その出来不出来を見極めたり、バーネルードで商いになるかを判断しなければならないんだ。そのためには海の安全な航路、気候、星の巡り、お茶の名前、動物の特徴まで、不要な知識がないほどだ」

「不要な知識がないほどなんて、すごいです」

ジルは素直に感動した。トネリアの話してくれる内容は、今まで一度も聞いたことのないことばかりだ。

「海の安全な航路って、どうやって知るんですか？　だって海って、広くて、なにもないのでしょう？」

「海には海の地図があるのだよ。海図、と言うんだ」

トネリアはますます気をよくした様子でパイプをふかした。

「海や船に興味があるなら、図書室で海図や船の本を見せてあげよう。わがジークフリード家の書庫はバーネルード一と言っても過言ではないから」

「――図書室、ですか」

すっと興奮に水を差された気がして、ジルは即答できなかった。人の話を聞くのは好きだが、おとなしく本を読むよりは外で鶏を追いかけたりハーブを摘んだりするほうが好きなので、書庫にはあまり興味がない。

できれば、所有している船を実際に見せてもらえたほうが、本よりはるかに嬉しいのだが――もちろん、そんなことができるわけもない。

トネリアがずいぶんと気を使ってくれているのはよくわかる。興味がなくても、本を見たい、お願いしますと言ったほうがいいだろうか。

迷っていると、ふいに目の前に手が差し出された。

「おいで、ジル。今日は疲れただろう」

ディエゴだった。手を取るように促し、ジルが摑まって立ち上がると、肩を抱き寄せた。

(――！　なんで、急に)

こんなこと、彼からされたことはない。

驚いて竦むジルの身体をしっかりと自分に引き寄せて、ディエゴは兄たちに告げた。

「そろそろ休ませますので、失礼します」

「わかった。では明日は八時に」

ゲラルトは鷹揚に頷いたが、話を中断されたトネリアは明らかに残念そうだった。彼が口をひらきかけるのを待たず、ディエゴはジルを抱き寄せたまま応接間を出てしまった。

(……なんだか、トネリア様と私を引き離したみたい)

もしかして、親しげに話していたのがまずかっただろうか。ジルとしては、この屋敷で過ごさなければならない以上、ディエゴの兄たちとも揉めたくないだけなのだが、よけいなことを話されては困るのかもしれない。

告げ口したりはしないのに、と思いながら西の離れまで連れていかれ、三階の部屋に入ると、ディエゴはようやく肩から手を離した。

指の食い込んでいたところをさすり、ジルはディエゴを見上げた。

「――まだなにか、用がありますか？」

だめだとわかっていてもどうしても声には険が混じってしまう。ディエゴは黙ったまま見下ろしてきて、なにか迷っているようだった。ジルは眉をひそめた。

「もし私がトネリア様によけいなことを言ったんじゃないかと疑っているなら、ご心配なさらず。彼の話を聞いていただけですから」

「……いや、その心配はしていない」

「だったら、このあともなにかすることがありますか？　まだ挨拶する方がいるとか？」

皮肉っぽく聞けば、ディエゴはまた黙り込んだ。じっと見下ろされるので、仕方なく「言いたいことがあるならどうぞ」と促すと、彼は言いにくそうに口をひらいた。

「さっきは――なぜ、怒ったんだ？」

「さっき？」

「屋敷に到着してこの部屋に案内したとき、俺を平手打ちにしただろう。叩かれるほどのことを、俺は言ったか？」

ディエゴはぴくぴくと耳を動かし、気まずげな表情だった。尻尾は所在なげに左右に揺れている。ジルはぽかんとして彼の顔を見つめた。

本気で質問しているのだろうか。こんなに言いにくそうに、わざわざ尋ねずにはいられないくらい――理解できていないのか。

「……本当にわからないんですか？」

冷たく尖ったジルの声に、ディエゴは申し訳なさそうに肩をすぼめた。

「なにか気に障ったのなら謝る。気に入らないことがあるなら言ってくれ。改善できることならば、俺も善処したい」

「善処、ですか」

はぁ、とため息が漏れた。

ディエゴは誠実なひとではあるのだろう。無礼なオメガだと怒って放り出さないだけでも寛大でありがたい。善処したいだなんて、きっとディエゴじゃなければ言ってくれない。

だが、説明したところで、ディエゴにもどうにもならないことだった。

獣人アルファである彼がどんなに口添えしてくれたって、子供を産まなかったなら同じだ。家に戻されたあとのジルの価値が下がらないわけではない。ジルがオメガだという事実、ミュラー家に生まれたこと、母には疎まれていることも——なにひとつ、変えられないのだ。

ジルはこの先、「気まぐれで引き取られ、子供を産めずに返されたオメガ」にしかなれない。決まっていた未来は白紙になって、この屋敷を出たあとどうなるかは不透明で、ジルはただ、流されてゆくだけなのだ。

「……あなたには関係がないことです」

そっけなく告げ、ジルは背中を向けた。

「用がそれだけでしたら出ていってくれませんか、もう寝るの、――ッ」

ぐっと腕を掴まれ、ジルは身を強張らせて振り仰いだ。痛いです、と睨んでやるつもりでディエゴを見上げ、思わず息を呑む。

ディエゴは初めて見る、苛立ったような表情を浮かべていた。

「トネリアとは楽しげに笑って話をしていたのに、俺には平手打ちで、その理由も話せないと？」

「――あれは！」

だってトネリアがジルの人生を台無しにしたわけじゃない。そう言いたかったのに、ディエゴが掴んだ手に力を込めると声が出なかった。痛い。ディエゴのアイスブルーの瞳はらんらんと燃えるようで、睨み返した瞬間、身体が空に浮いた。

「……っ」

なにが起こったのか、すぐにはわからなかった。

持ち上げられてベッドに投げ出されたのだ、と理解したのは、背中から寝具に倒れ込み、上から覆いかぶさるようにディエゴに見下ろされたときだった。

「一度くらいは感謝されてもいいと思うが」

ディエゴの声は低かった。灯されたランプの明かりを背に、その表情は暗く見える。

「きみはミュラー家では落ちこぼれだと、自分で言っていたほどだ。それでも俺はきみを選んだ。

もらい手のつかないオメガがジークフリード家に囲われるとなったら、普通は喜ぶものだろう」

「わ……私に、喜べと？」

「きみは普通のオメガとは違うのはわかっている。だが、それでも悪い話ではないはずだ。きみは家に帰りたいようだが、時機をみてちゃんと帰すと説明もした。これ以上の好条件があるとは、俺には思えない」

どうやらディエゴは怒ったらしい。たしかにジルの態度だって褒められたものではないけれど、怒るということはそれだけわかっていない証拠だ。ジルは思いきり顔を歪めた。

「そんなだから、あなたに話しても無駄だって思ったんです」

「不満の理由を説明もしないつもりか？」

ディエゴもよけいに苛立った様子で、ぶわりと首回りの毛が逆立った。大きな手がジルの胸元に伸び、乱暴に左右にひらかれる。

肌がむき出しにされ、ぞっと冷たさが全身を襲った。

「っ、なに、を、……っやめてください……！」

逃げようともがいても、ディエゴは難なく押さえ込み、手首を摑むとシーツに縫いとめた。左手だけでひとまとめに両手首を摑まれ、ジルは呆然とディエゴを見返した。

体温を感じるほど近くで見る獣人の身体は、圧倒的に大きかった。

その重さ。猛々しさ。ジルが必死に抗ったところで、びくともしない。

右手が喉元に触れてくると、ジルの華奢《きゃしゃ》な首には簡単に指が回ってしまいそうなほど大きいのが、まざまざと感じ取れた。

手のひらから彼の熱と脈動が伝わってくる。

ディエゴがその気になれば、なんの準備もせず貫くことも、ぼろぼろになるまで抱くことも造作ない。

それどころか、命さえ一瞬で奪われるだろう。食用に絞め殺される鶏よりも呆気なく。

本能的な震えが襲い、そんな自分が惨めで、ジルは唇を噛んでディエゴを睨んだ。

「子供はいらないって、言ったくせに」

「務めを果たさないとは言っていない」

張り合うようにディエゴの声も硬かった。屁理屈《へりくつ》じみた答え方をした彼の鼻先が首筋に近づく。

怒りを帯びた獣の息遣いが肌にかかり、身構えていても身体が竦んだ。

(……いや、だ。こわい)

恐怖で力が抜け、懇願したい衝動がこみ上げる。やめて。離して、おねがい。

だが、そう口走るかわりに、ジルは自分から力を抜いた。ディエゴが右手だけで服を剝《は》ぎ取っていくのを、無言で耐える。

誰にも見せたことのない裸体を薄明かりに晒《さら》しても、まばたきひとつしなかった。

だって、耐えるしかない。

ぴくりとも動かず身を投げ出したジルの胸に手を這《は》わせかけ、ディエゴのほうが動きをとめた。

「――ジル？　どうした？」

「どうもしません」

「――抵抗しないのか」

目には戸惑ったような色が浮かんでいる。ジルは小さく笑ってみせた。

「自分で押し倒しておいて、抵抗してほしいんですか？」

「……そういうわけでは……」

「あなたが務めでオメガを抱くなら、私にはこれが務めでしょう？　オメガですから――うたえと言われればうたい、脚をひらけと言われたら脚をひらくのが、務めです」

「――！」

ディエゴははっとした様子で手を引いた。丸く見ひらかれた瞳がジルを見下ろし、数秒、見つめあう。

視線を逸らしたのはディエゴのほうだった。ベッドからそっと下りると、見ないように顔を背けたままシーツでジルの身体を覆う。

それでも身じろぎもしないジルに、彼は弱った声を出した。

「……ジル」

狼には似合わない声色で名前を呼び、ジルが返事をしないでいると、黙ってベッドから離れた。

静かにドアを開け閉めする音だけが響く。

廊下からも彼の気配が消えてから、ジルはようやく、シーツの中で手足を縮めた。

ぎゅっと両膝を抱えると、こらえきれない震えがどっと全身を襲った。

「……っ」

きつく目を閉じて、ジルは身体を丸めた。怖かった。

頭ではわかっていたはずの「抱かれる」ということが、あんなにも怖いとは思わなかった。他人の好きなようにされるのを受けとめるしかない、あの怖さ。

自分は、あんなふうに抱かれる立場なのだ。

(怖い——怖いなんて思いたくないのに、怖い)

こんなにも無力さを実感したのは初めてだった。

オメガが外の世界では生きていけないというのは比喩《ひゆ》でもなんでもなく、ただの事実なのだと思い知る。

もう分別のある大人だから、いやでも納得できなくても、覆せないことを嘆くより、受け入れようと考えて、ここ数年はずっと実践してきたつもりだった。それでもなお、現実に組み敷かれれば、こんなにもつらいのだ。

世の中のオメガは、みんなこんな思いに耐えているのだろうか。この絶望感を味わわないよう、アルファの子供を産むのが幸せなのだと思わなければ、たしかにやっていけないかもしれない。

最後までされていたら、きっと自分の心はぼろぼろだっただろう。

何度脚を抱え直して自分を抱きしめても、冷えきった身体はあたたまりそうになかった。子供はいらないと言ったくせに、押し倒してきたディエゴの表情や重さを思い返すと、心までがどんどん冷えていく。

ディエゴは結局、身勝手なだけのひとかもしれない。穏やかで紳士的に見えて、気分次第で前言撤回し、押し倒すような傲慢なアルファ。

(そんなひとじゃないと思ってたのに)

そう考えて、ジルは自嘲して唇を噛んだ。いつのまにか、どこかで彼に期待しかけていたなんて——。

(馬鹿だな、私は)

初めて会ったときから、うっかり本音を晒すような真似をしたジルが愚かだったのだ。たしかにアルファにしては誠実で、変わっていて、立場が違えば少しは仲良くなれたかもしれなくても、結局彼はアルファなのだから。

特に、急にさらうように屋敷から連れ出すアルファなど、「いいひと」のわけがなかった。

＊　＊　＊

自室で小さな燭台《しょくだい》だけを灯し、ディエゴはグラスに口をつけた。

中身は度数の高い酒だ。気持ちを落ち着ける方法がこれしか思いつけないほど、まだ混乱していた。

混乱はほとんど苛立ちに近かった。ただその苛立ちは、ジルに対してというよりも、自分自身に対してだった。

こんな気持ちになったことも経験がなく、酒をあおっても落ち着くどころか、じわじわした焦りのような心地が強まるだけなのが苦しい。

——ジルが絡むと、わからないことばかりだ。

自分がなぜあんなに腹を立て、ジルを抱かなければおさまらないような気分になったのか、今となっては信じられない。

けれどあのときたしかに、腹の底からこみ上げたものは、欲望に似たなにかだった。

(だいたい俺は、腹を立てることだってめったにないというのに)

平手打ちされたことは理由がわからないから釈然としないが、あのときは立腹したというのとは違ったはずだ。夕食のときもジルがディエゴと視線をあわせようとしないのは、気に入らないことがあるからだろうと納得していた。

だが、トネリアとは楽しげに話していて、それを見るとなぜか心がざわついた。年相応の無邪気な笑みがトネリアに向けられているのを見たら、つい会話に割り込まずにはいられないほど。

――よく考えれば、自分の相手をするオメガが兄と会話をするのは悪いことではない。大事な家族に自分の連れてきたオメガが首尾よく気に入られるなら願ったりだ。

なのに自分はジルを半ば強引に部屋に連れ戻し、兄と会話ができるくらいならば、もう確認してもいいだろうかと考えているうちに、ジルのほうから「なにか？」と聞かれて、平手打ちの理由を尋ねて――それにしてもなぜ、ジルはああもかたくなに、心を閉ざす理由を教えてくれないのか。

また苛立ちに似た感情が腹の底で蠢《うごめ》き、自分はこんな性格ではなかったはずだ、とディエゴはいやな気分になった。

これでは狭量な、わからずやの、感情的な男みたいではないか。苛立って押し倒すなど、したことがなかったのに。

押し倒され、理解できずに無防備に見上げたジルの顔と、逃げようとした力の弱さ、服を剝がれ無抵抗になった青ざめた表情を続けて思い出し、ディエゴはぐっと酒をあおった。

あんな顔をさせるつもりはなかった。

ジルのことは憎からず思っていて――はっきり言えば、ほかのオメガに感じたことはない新鮮な好ましさを覚えていたから、ジルにしようと決めたのだ。

なのに、震えを必死で隠しながら「私の務めでしょう」と言わせてしまった。諦めて死を待つうさぎのようなあの様子。

あの顔は見覚えがある、と思い出し、どこで見たのだったか、とディエゴはこめかみを押さえた。

正直、オメガの表情など今まで気に留めたことがなかったから、見たとすれば最近のはずだ。

ジルのあの顔に似た表情を記憶の中に探し、いくらもしないうちにディエゴはどきりとして頭を上げた。

見覚えがあって当たり前だ。だって記憶に残っていたのも、ジルの顔なのだから。

初めて会った日の彼だ。腕に鶏を抱えて、「私のこともここで殺してくれますか？」と言ったときの――ジルの、寂しい表情だった。

あのとき、きみは食用の鶏ではあるまい、と言ったディエゴに、ジルは言ったのだ。

「いいえ、鶏と大差ありません。うたえと言われたらうたうしかない」

なんの望みも持たない、うつろにさえ感じられる声と表情。「落ちこぼれだ」と続けていたから、それを儚んでいるのかと思っていたが。

「……あれは、オメガだから、言いなりになるしかない、という意味か――」

呆然とつぶやき、ディエゴは口元を撫でた。

指にはまだジルの、震える肌の感触が残っている。いくら気丈に振る舞っていても震えるほど、怖かったのだろう。

それでいてジルは抵抗をやめた。あのままディエゴがことに及んでも、最後まで懇願することもなく抱かれたに違いない。

心臓のあたりがひどく落ち着かなくざわざわした。

もしかして、最初のあの日に、殺してくれませんか、と言ったのは本気だったのだろうか。

オメガなのにそんなことを考えるのか、と不思議に思ってしまってから、ディエゴは首を振って思い直した。

自分だって兄たちの言いなりはいやなのだから、ジルが誰かの言いなりになるのをいやがるのも当たり前だ。

「ジルはほかのオメガとは全然違うものな」

ひとりごち、ディエゴはグラスを手に立ち上がった。

ディエゴの部屋の窓からは西の離れが見える。ジルにあてがった三階の部屋はとうに明かりが消され、ひっそり静まり返っていた。ほかのオメガのところには、ジークフリード家の誰かが義務を果たしに行っているかもしれないが、離れていれば気配も感じられない。

誰もいないように静かでも、三階のあそこにはジルがいて、ほかの部屋にはそれぞれオメガがいる。

無論空き部屋もあるとはいえ、西の離れの窓のひとつひとつに、オメガがいるのだと改めて思うと、不思議な感じがした。

自分の部屋を振り返れば、いつぞやオメガが忍び込んで、裸で待っていたベッドが目に入る。出ていってくれ、とディエゴが言うと、彼は涙ぐんでいた。どうしても子供を産みたいと言った彼を見たらジルはなんと言うだろう、と考えると、また心がざわついた。

「違うか。ジルがほかのオメガと違うから、誰かの言いなりになるのがいやなわけではない、な」

なにがよくてなにがいやなのか、望むものや忌避するものはひとそれぞれで当たり前だ。忍び込んだオメガはどんな気持ちだったのだろう。彼には彼の思うことがあり、その上ではしたない真似をしてでも子供をと望んだはずなのだ。

ざわつき、ふさいだ気分になるのは自己嫌悪のせいだった。無頓着だった、と気づかされて、悔いているからだ。

今までは、オメガは子供を産むための存在だとしか思わず、それを疑問に感じることもなかった。だが、オメガとアルファの違いがあっても、心があることには変わりない。

ジルを見ていると、そう思い知らされる。

ジルの顔を思い出して、ディエゴは残った酒を飲み干した。もう一杯飲もうと瓶を手にしかけて、酔えるわけがないなと思い直す。

酒を足すかわり、ディエゴは再度ジルの部屋を見た。

まだ少年の面影が残るあの美しさの下に、彼はどれほどの寂しさを押し殺してきたのだろう。初対面の自分に、殺してほしいと言い出すくらいに。

遅かれ早かれ奪われるならば、今殺してほしい、と願うくらいに。

彼にとっての自分――アルファは、オメガを食い荒らす獣でしかない。ジルにしてみれば、結局食うために屋敷からここへ運んできたのだ、と思うのも当然だ。実際に押し倒そうが押し倒すまいが関係なく。

「嫌われて当然か」

深いため息がこぼれた。

自身の至らなさを思えば気がふさぐが、すべきことはひとつしかなかった。

ジルとは、はじめからやり直さなくてはならない。

第四章　芽吹きゆくもの

ジークフリード家の庭は、建物と同じく美しいがどこか機能的で、整然としていた。のどかな自然を生かしたミュラー家の庭に慣れていたジルには、よそよそしく映る。

西の離れの近くはオメガたちが憩いの場として使えるようにだろう、花がたくさん植えられていて華やかだが、ジルはそのスペースを使う気にはなれなかった。この屋敷のオメガたちは、ミュラー家のオメガよりもさらに気取った態度で、洗練された庭の雰囲気も含めて、場違いに思えて馴染めなかったのだ。

屋敷の表庭は貴族たちやその仕事に関係する人間が出入りするので、ジルが行くのはもっぱら、使用人たちが使う裏庭だった。

初日のあの事件があった翌日、心細さや苛立ちを振り払うために、裏庭はずいぶん歩き回って調べた。

ジークフリード家の敷地自体が広大だから、裏庭だけでもかなり広い。きちんと手入れされた花壇があり、薔薇《ばら》が植えられていたりするし、使用人たちが外でお茶を飲めるように東屋《あずまや》もある。菜園も立派なものがあり、料理に使うハーブ類が植えられているのはミュラー家と一緒で、さらに奥に進めば鶏舎もあった。

ジルが好きなのはやはり生活感のある菜園や鶏舎のあたりだ。この一帯だけは、家庭的で穏やかな空気が漂っている気がする。

今日も花や木々を眺めながらゆっくり散歩して鶏舎まで来ると、ジルを覚えたらしい鶏たちがにぎやかに鳴いて迎えてくれた。

「おはよう、みんな」

中を覗くと壁際にずらりと巣棚が並び、卵がたくさん入っている。ここの鶏はどうやら、卵を取るために飼育されているらしかった。

ココココ、と鳴きながら鶏が数羽、出口に集まってくる。実家ならば戸を開け、放して遊ばせてやるのだが、勝手なことをするわけにもいかない。

「ごめんな、遊べないんだ」

微笑んで小声で謝って、ジルは鶏たちを眺めた。

ジークフリード家に来て一週間。

あれきり、ディエゴとは口をきいていない。ディエゴは気まずそうだが、ジルは二度と彼に心を許す気はなかった。

ディエゴはもうジルを抱こうとはしないかもしれない。あるいはまた気が変わって、「務めを果たす」気になるかもしれない。抱かれれば身ごもる可能性もあるし、そうならなければ予定どおり、ミュラー家に戻されるだろう。

どの可能性を考えても、ジルにとって幸福な未来はない。子供を産んで母を喜ばせたところでジルが満足できるわけではないし、かといってなにもないまま帰っても、自由になれるわけではない。

どうなるにせよ、ディエゴとは距離を保つべきだった。彼は友人でも、理解者でもない。もっと冷静になって、賢く、淡々と振る舞わなければならない。

(味方は、誰もいないんだから)

ステラたちもアルバートもいないここに、ジルの居場所はない。ジークフリードの屋敷はミュラー家よりずっと広いけれど、実際はもっと狭い、不自由な籠だった。

鶏より不自由だ、と思いながら、出してもらえないと悟って鶏舎の奥へ戻っていく鶏を眺める。

「やっぱり鶏が好きなのか?」

ふいにかけられた声に、ジルはどきりとして振り向いた。

のどかな裏庭の景色には不つりあいな大きな身体で、ディエゴが立っていた。意を決した表情で、手にしていたエニシダの花の束を差し出してくる。

「この前は悪かった」

真剣な眼差しだった。

「子供は不要だと言いつつ、きみの気持ちも考えずに押し倒した。……どうか、許してほしい」

絞り出すような真摯な声だけでも、ディエゴが本気で言っているのは伝わってきたが、ジルが目を奪われたのは耳だった。

普段は凛々しくぴんと立った耳がぺたんと倒れていて、精悍な狼のはずが、叱られた犬みたいに憐れっぽい。ジルの倍はありそうな身体も小さく縮こまらせているようで、威厳も威圧感もなかった。

「二度ときみをもののように扱わないと約束する。無理強いもしない。……本当はすぐに謝るべきだったんだが、どうやって謝るか考えていたら、一週間経ってしまって。すまなかった」

深々と頭を下げられ、ジルは服の端を握りしめた。

今さら謝られても困る。二度と気を許さないと決めたのだから、ディエゴもただ、アルファらしくしてくれればいい。

「べつに、怒ってはいません。二度としないと言うなら、私のことは放っておいてください」

「そういうわけにはいかない」

「どうして？　ご家族の気がすむまで私が滞在すればいいだけでしょう？」

「もちろん、きみはいてくれるだけでいい。だが、謝らないですませるというわけにはいかない」

ディエゴはじっと見つめてくる。

「簡単に許してもらえるとは思っていないが」

控えめに花束が目の前に差し出され、ジルは迷った挙句に受け取った。たっぷり花をつけた黄色い房が揺れる。緑のにおいに混じって、ほんのりと爽やかで甘い香りがした。

エニシダは、懺悔《ざんげ》に使う花だ。

（……本気で、悪かったって、謝ってくれてるんだ）

ディエゴは耳を下げ、神妙な顔のままジルの返事を待っている。ジルは花束に鼻先を埋めた。懐かしい香りだった。

「――これから先、約束を破るような真似をしないのなら、私はそれでいいです」

心は許さないようにしないと、と内心で言い聞かせる。冷静に、大人らしく。彼はアルファで、自分はオメガだから。

「いや、それだけでは俺の気がすまない。なにか望みがあれば言ってくれ」

ディエゴは真摯にそう言い重ねる。ジルは花束ごしにちらりと彼の顔を見た。

「――本当に、なんでもかまいませんか？」

「ああ、もちろんだ」

「じゃあ、一度、会いに行きたいひとがいるんです」

きっと駄目だろうと考えながら、ジルはそう言った。なんでもいいとは言っても、オメガに外出を許したりはしないだろう。それは難しい、と返事をされたら、すぐに引き下がるつもりだった。

「会いに行きたい？　友人か？」

「アルバートという幼馴染みです。ミュラー家の近くに領地をかまえるラインハルト家のひとで……彼に会いたい」

ジルの予想では、ディエゴは困った顔をするはずだった。だが、彼は納得した様子で頷いた。

「なるほど、幼馴染みか。急に我が家に連れてきてしまったからな。いずれ戻るにしても、しばらく留守にすると挨拶したいと思って当然だ。もちろん、会ってもらってかまわない」

「え?」

あっさりと許されて、ジルのほうが戸惑ってしまった。

「いいんですか?」

「ああ、もちろんだ」

「……アルバートは、ただの幼馴染みじゃないんです。子供のころからのつきあいで……家に馴染めなかった私のことも理解してくれる、友人でした。いわば特別な相手です。それでも、いいって言うんですか?」

「いい友人だからこそ、会いたいんだろう? 俺はかまわない」

「——以前は友人でしたが、今は……私はアルバートのところに嫁ぐ予定だったんです。彼は、獣人のアルファなので。それでも会いにいってかまわないと?」

たたみかけるように問いかけると、ディエゴの顔が複雑に曇った。

「それは……だから、か……」

「？　だから、なんです？」

ぼそぼそした声はよく聞き取れなかった。ジルが聞き返すと、ディエゴは「なんでもない」と首を横に振った。

「ではなおのこと、会いたいのは当然だな。俺が送っていこう」

「い――いいんですか？」

繰り返し確認してしまうのは、信じられないせいだ。幼馴染みなだけでなく婚約者だと打ち明けても、許可されるとは思わなかった。だって、事情を説明するだけなら、手紙を出せばすむことだ。

「あとからやっぱり駄目だとか言っても遅いですよ？」

気を許して、また裏切られたような気持ちになりたくない。警戒してぐっと睨んだジルに、ディエゴはしっかりと頷いた。

「約束を違《たが》えるような真似はしない。……本当は、すぐにでもきみを帰すべきかもしれないが、もう少しだけ、俺につきあってもらいたい」

「――」

「俺は、きみのことを知りたい――もっと、知るべきだと思う」

青い目にじっと見つめられ、じん、と胸が痺《しび》れた。

知りたい、だなんて、誰にも言われたことはない。

なんでディエゴはそんなことを言うのだろう。ジルなど歯牙にもかけずにいたって文句を言われない立場にいるはずなのに。

「どうして」

ぽつんとつぶやくと、ディエゴははっとしたようにまばたきした。

「すまない、唐突だったな。いろいろ俺なりに考えて、オメガのことをもっと知るべきだと思ったんだ。ジークフリード家の一員として、いずれ幾人ものオメガと関わっていくのだから、無頓着でいいわけがない」

言い訳じみたディエゴの説明に、なんだ、とジルは息をついた。

そして、なにかを期待した自分に気づき小さく頭を振った。

（……心を許さないって決めたばっかりで私はなにを……）

彼のほうも友人になれるような親しみを覚えてくれていた……なんて、あるわけがない。

「それなら、私にかまうより、西の離れのほかのオメガのほうが適任でしょう」

「いや、きみがいい」

顔を背けたジルにも、ディエゴは熱心に言った。

「たしかにきみは変わっているのだろうが、それでもきみは、私の企みに協力してくれるひとだ。オメガかどうかを抜きにしても、きみのことこそ、俺は知るべきだろう？」

きゅっと今度は喉元まで痺れた気がして、ジルは困って俯《うつむ》いた。

期待しては駄目だ。駄目だけれど――ディエゴはやっぱり、変わっている。アルファだけれど、あの夜だけがらしくなかっただけで、本当の姿は、今目の前にいる彼のような気がしてくる。

横柄にしても許される立場でありながら、謝ると決めて、一週間も考えてくれた。

「もちろん、知りたいというのはこちらの都合だ。だから、屋敷に滞在するかどうかの返事は、その幼馴染みに会って、俺を信用してもいいと思えてからでかまわない」

なんとかジルを説得しようと言葉を尽くすディエゴの声を聞いていると、胸がどんどん熱くなっていく。

「会うのは早いほうがいいな、今日これから出発するか」

ジルが黙っているのを勘違いしたのか、ディエゴは機嫌を取るように誘ってきて、ジルは胸元に花束を抱きしめて頷いた。

「嬉しいです」

そう言うしかなかった。認めたくはないけれど、硬く強張っていた胸の奥が、ほっとゆるんでいくのがわかる。

味方にはなってくれないアルファでも、傲慢でジルを抑圧するようなひとでないなら――嬉しい。

「でも、行くのは私ひとりでも平気です。誰か使用人を供につけてくれれば。忙しいんでしょう、ジークフリード家の方って」

「いや、俺も一緒に行く」

「……私ひとりでは、逃げるのが心配ですか？」

「そうじゃない。もしなにかあったときに、事情を説明できる俺がいたほうがいい」

ディエゴはそう言うと踵を返した。おいで、と手招かれ、ジルは逡巡したものの、彼のあとに従った。

不思議と、足取りはふわふわして軽かった。

西の離れを通り過ぎ、本館の正面玄関まで来ると、ディエゴはノルンを呼びつけた。

「すぐに馬車を用意してくれ。私とジルで、ラインハルト家まで行く。ミュラー家の近くだ」

本気で、これからアルバートのところまで連れていってくれるつもりらしい。

どこまで変わっているんだろう、としみじみ思っていると、「かしこまりました」と応じたノルンも、もの言いたげにディエゴを見上げた。

「ディエゴ様自ら、ジル様とお出かけになるんですか？」

「ああ。ジルが幼馴染みに会いたいと言うから」

「はあ、幼馴染みでございますか。ジル様の幼馴染みに会うのに、ディエゴ様がご一緒に……」

丸い瞳を半分にしてノルンが繰り返す。ディエゴは怪訝そうに首をかしげた。

「さっきからそう言っている。ほかの者に任せるわけにもいかないだろう？」

「……無自覚ですか」

「うん？」

ノルンがため息をつく理由が、ディエゴにはわからないらしかった。

ジルにはわかる。普通、預かっているオメガの個人的な用事になど、彼が付き添う必要はないのだ。使用人が二人も付き添えば、防犯上は問題ない。そもそも、貴族の館に囲われたオメガに個人的な外出を許すこと自体が、そうあることではない。

「仕方ないですねえ、ディエゴ様は」

偉そうな口調でぶつぶつ言いながらもノルンは去っていき、すぐに外出に必要なものを持ってきてくれた。ジルは薄手のマントを着せてもらい、馬車に乗り込んだ。

あと一時間もすればアルバートに会える、と思うとそわそわした。もう二度と会えないような絶望さえ感じたのに、また会える。

（きっと心配してるよね。ちゃんと謝って、説明しなきゃ）

もしかしたら怒っているかもしれないと思ったが、不思議と、不安はそれほどなかった。ジークフリード家に来るときよりもずっと落ち着いた気分で、ジルは屋敷の門を出る馬車から、道の先へと目をこらした。

馬車はミュラー家の近くの村を通り、アルバートの屋敷まで向かった。

こぢんまりとしたラインハルト家の屋敷は、緑がたっぷりと生い茂る庭がいかにものどかな邸宅だ。

苔《こけ》むした石の門の前で御者に馬車をとめさせると、ディエゴはジルを降ろしてくれた。出がけにノルンが胸元に飾ってくれたエニシダの花の位置を、丁寧に直す。

「俺は馬車で待っている。必要があれば呼ぶといい」

「——はい」

できればディエゴとアルバートが顔をあわせる羽目にはならないといいと思いながら、ジルは馬車を離れた。

昼をすぎた半端な時間で、アルバートが不在な可能性もある。会えるように願いつつドアのノッカーを叩くと、すぐに執事が現れた。

来意を告げるうちに、屋敷の奥からアルバートの声が響いた。

「ジル？　ジルなのか？」

声を聞くだけでもふっと心がゆるんだ。

「うん、私だよ、アルバート」

驚いた表情で出迎えたアルバートは、それでもかるくジルを抱き寄せてくれる。慣れ親しんだ抱擁の感触に、ジルはしばらくじっとしていた。

やがて腕をほどいたアルバートは、ジルの顔を見ると不安げに耳を震わせた。

「どうしたんだ？　まさかもう戻ってきたのか？　それか、花嫁修業がいやになってこっそり抜け出してきたとか」

「――花嫁修業？」

急にいなくなってごめんなさい、と謝るつもりだったジルは、意外な単語にぽかんとした。

アルバートのほうも、怪訝そうに首をかしげる。

「別の屋敷で嫁ぐ前の花嫁修業をしてるんだろ？　さすがはミュラー家だなって親父と感心してたんだ。うちみたいな家に嫁ぐのでも、子供のころからの教育だけじゃなく、花嫁修業までするなんて」

感心した様子で何度も頷くアルバートに、「違う」とは言えなかった。

「う、うん、そうなんだ。急だったけど、花嫁修業で……」

咄嗟に話をあわせてしまいながら、ジルは内心でミュラー夫人に対して呆れていた。

（本当のことを伝えないで、嘘を言ったのか――）

ここまで来るといっそ清々《すがすが》しい。ジルには「勘当する」と脅しておきながら、損をするつもりはまったくなかったのだろう。

別のアルファの目にとまって持っていかれたことは隠し、ラインハルト家に対してはあくまでも花嫁修業ということにすれば、ジルが子供を身ごもらずに戻ってきても、揉めることなく、引き渡す金額を下げる必要もなく、すぐに嫁に出せる。

仮にジルがディエゴの子を孕めれば、そのときは修業先でジークフリード家の三男に手をつけられたと言えばいいだけだ。ラインハルト家が、ジークフリード家に文句をつけるなどできるわけがないのだから。

どうせ高確率でジルがディエゴに愛想をつかされて戻ってくると思っているのだろう。勘当して商人に売るのはいつでもできるから、それは最後の手段にして、できるだけ手を打っておいた、というところか。

したたかでずるいやり方だが、今回だけはそのずるさがありがたかった。アルバートに心配をかけたり、傷つけたりしないですんだのだから。

ジルはほっとして笑みを浮かべた。

「今日は休みをもらって来ただけで、逃げてきたわけじゃないよ。出かける前に、アルバートにちゃんと伝えられなかったから」

「なんだ、気にして会いに来てくれたのか」

アルバートのほうも、嬉しげに顔をほころばせる。

「俺としては逃げ帰ってきたのでもかまわないさ。本当は花嫁修業なんか、しなくていいと思ってる」

「……アルバート」

「ジルがいてくれないと退屈なんだ。やっぱり俺には、おまえがいないと」

アルバートはすっとジルの腰に手を回した。

「早く帰ってきてくれ」

「――そんなに、長くはならないと思う。たぶんすぐに戻ってくるから、心配しないで」

ディエゴの様子では、何年もジークフリード家に留まる必要はなさそうだ。一族の繁栄を第一に考えていそうな兄たちも、ジルが身ごもる気配がなければ、帰すのに反対はしないだろう。

アルバートはぐるぐると喉を鳴らして、鼻先を近づけてくる。

「すぐ？　明日とか？」

「もう、そんなわけないだろう。何年も先じゃないっていう意味だよ」

「年単位でなんか待てない。――明日がいい」

「アルバート、……っ」

彼の吐息が頬をかすめ、ジルは慌てて胸を押し返した。アルバートの腕から抜け出して、さりげなく頬をこする。

「そんなふうに言ってくれてありがとうアルバート。私も、できるだけ早く帰ってきたいって思ってる」

「やっぱり、まだキスはいやか。ジルはまだまだお子様だな」

冗談めかして言いつつも、アルバートは距離を取ったジルに物足りなさそうな視線を向けた。

頭から足元まで、ゆっくりと視線を這わせる。

「お子様だから、花嫁修業も必要かもしれないけど。……久しぶりに見ると、すごく綺麗だ」

「……私は、なにも変わってないよ」

「ミュラー夫人には事情を聞いたけど、いつ帰ってくるだろうって毎日思ってたんだ。もう少しだけ顔を見せてくれ」

離れた分だけ近づかれ、顔に手を伸ばされて、ジルはそれからも逃げた。

「変わらないってば。たった一週間だよ？」

「触れるのも駄目、か」

アルバートは深いため息をついて身を引いた。

「――ごめん」

「玄関先でする話じゃなかったな。中に入ってくれ。お茶くらいは飲んでいくだろう？」

ジルは申し訳なく思いながら首を振った。

「馬車に、表で待ってもらってるんだ。わがまま言って連れてきてもらったから、もう帰らなきゃ」

「……そうか」

アルバートは門の外に停められた馬車を見やり、もう一度ため息をついた。

「仕方ないな。会いにきてくれただけでも嬉しいよ」

「――本当に、急なことで、ごめんね」

「ジルのせいじゃない。話せてよかった。それに、本当に綺麗になった気がするんだ。その花も似合ってる」

胸につけたエニシダの花を指さされ、ジルはくすぐったく首をすくめた。

「アルバートこそ変わったんじゃない？　前はそんな、お世辞みたいなことは言わなかった」

「お世辞じゃないさ。ずっと思ってた。ジルが言わせてくれなかっただけだ」

愛おしげに目を細められ、ジルはちくりと胸が痛むのを感じた。

前よりも、アルバートの意思表示がはっきりしているのは、たぶん気のせいではない。「花嫁修業」と聞かされても、多少の不安や疑いはあったのかもしれない。

ごめん、と小さな声で謝ると、アルバートは朗らかな笑い声をたてた。

「謝らなくていい。おとなしくおまえが帰ってくるのを待ってるから、ジルもできるだけ早く戻ってこいよ」

「うん。……ありがとう。じゃあ、また」

玄関の前を離れようとすると、アルバートは手を振って見送ってくれた。微笑み返してジルも手を振り、背を向ける。

アルバートを傷つけずにすんだことが、今はなによりも嬉しかった。夫人の嘘の説明のおかげで、戻ってきたジルをアルバートが迎えることに、彼の家族が反対する心配もない。

ぱたぱたと小走りで馬車まで戻ると、ディエゴは中から戸を開けてくれた。ジルが乗り込むのを手を引いて助け、座るとすぐに馬車を出させる。

門の外までアルバートが出てきて、こちらを見ていた。見えるかどうかわからなかったが、ジルは彼に向かってもう一度手を振った。

「……ずいぶんと機嫌がよさそうだな」

「そうですか?」

ジルはディエゴを振り返った。ディエゴはもどかしげに耳を動かして頷く。自分ではそんなに機嫌がいいつもりはないが――心はたしかに、だいぶ軽い。

「心配ごとがおおむね解決しましたからね。気は楽になりましたよ」

「幼馴染みは怒っていなかったようだな。……まだ見送っているくらいだ」

「ミュラー夫人が都合よく説明してくれたみたいです。私が子供を産まずに戻ってくるのが想定内だっただけじゃなくて、その対応もぬかりなく考えていたみたいで。我が親ながら、商売上手ですよね」

花嫁修業、という単語を思い出して、ジルは小さく笑った。

「ミュラー家の評判はほんの少しも落とさないだけじゃなく、絶対に損してなるものか、って感じです」

嫌みを言いながら神経質に眉を吊り上げる母の顔を思い出しても、珍しくうんざりした気分にならない。よく考えれば、元どおりになれる、というのだって、それほど喜べることではないはずなのに。

「でも、アルバートを傷つけたんじゃなくて、本当によかった」

ジルは後ろを振り返った。道はカーブしていて、ラインハルト家の屋敷も、見送りに出たアルバートももう見えない。

「……見えなくなっちゃいました」

つぶやいて振り返ると、ディエゴは複雑な、神妙そうな顔をしていた。

「よほど大事な相手なんだな」

「彼はいわば、私にとっては恩人ですから。だから、会えてよかったです」

「——そうか」

ディエゴは改まった様子で膝の上で両手を揃えた。

「では改めて、しばらく我が家で、俺の頼みにつきあってもらえるだろうか」

じわりとまた、胸の奥が熱くなった。

いやだ、と言ってもいいのだ。あなたになんかつきあえないと言えば、ディエゴは受け入れて、家に返してくれるだろう。

帰れば母には文句を言われるだろうけれど、ジルは予定どおりアルバートのもとに嫁げることもわかったから、断ることだってできる。

自分の人生にかかわる選択肢を、自分で選べる、というのは初めてだった。

ディエゴが初めて、選ばせてくれる。

そう考えると、頷くのは心地よかった。

「いいですよ。あなたに協力します」

とくとくと、心臓が速いリズムで揺れている。くすぐったく感じるそのリズムが気恥ずかしくて、ジルは笑みを作った。

「ジークフリード家にいるだけで役に立てるって、なんだか変な感じです。子供を産む以外で、役に立てるなんて思わなかったから……悪くない気分です」

そっけなさを装った声音に、ディエゴはようやく表情をゆるめた。

「それはよかった」

握手の手を差し出され、ジルはふわりと頬を染めて、こわごわ握った。短くなめらかな毛に覆われた、力強く大きな手。その中に、ジルの手はすっぽりおさまってしまう。——でも、もう怖くはない。

「ディエゴ」

初めて彼の名前を唇に乗せ、ジルは急いで手を引いた。

「私もオメガとしてははみ出し者ですけど、あなたも、だいぶ変わってる」

慣れない高揚に口早になったジルに、ディエゴはゆったり目を細めた。

「たまに言われる。……変わり者同士だな」

「ええ」

心臓はまだ速い。まるでそこからなにかが芽吹きそうに、音をたてて鳴り続けていた。


「この部分を左右にひらいて折って、真ん中の線にあわせてこんなふうにたたんで……最後はここから息を吹き入れると――」

小さな穴から空気を吹き込むと、折り紙はぷくっと膨れ、丸い胴体のうさぎができあがる。テーブルの向かいに座ったディエゴが、「ほう」と感嘆の声をあげた。

「四角い紙からこんなかたちが作れるなんて、面白いものだな。ちゃんと立体的になっていて、うさぎに見える」

「折り紙、見たことありませんか？」

「存在は知ってる。……そういえば、昔乳母が折ってくれたな」

思い出したよ、とディエゴは懐かしそうにした。

「たしか、雨の日だった。だが、こんなにいろんなかたちには作ってくれなかったぞ」

テーブルの上には、花や鳥、うさぎ、カエル、星や雪の結晶などが並んでいる。折り紙を五枚使う立体的な星をつまんだディエゴは、それをしげしげと眺めた。

「この星なんかとても綺麗だ。オメガというのは、みな折り紙ができるものなのか？」

「みんなじゃないかもしれないけど、暇つぶしにもなるし、子供も喜ばせられるから、覚えているオメガは多いと思います。これなら、ずっと家の中でできる」

別の折り方をする星を作りながら、ジルは少し笑った。

「オメガの特技は、部屋に閉じこもってできることばかりだから。楽器も、織物も、刺繍も」

「言われてみればそうだな。――きみは、ヴァイオリン以外の楽器はやらないのか？」

「ピアノも少し弾きます。でも、音はヴァイオリンのほうが好きかな」

「いい演奏だったものな。折り紙も好き？」

今度は鳥を持ち上げて眺めるディエゴに、ジルは手をとめた。赤い折り紙で作った鳥は、簡単な折り方でできるものだ。羽ばたいて飛ぶかたち。

「――私は折り紙は、そんなに好きじゃないです」

「こんなにいろんなものが作れるのにか？」

「折り方は覚えましたけど、紙で鳥を作るより、外に出て本物の鳥が飛ぶのを眺めたほうがいいし、カエルだって、紙じゃ本物の手触りは出せない」

「手触りって……きみ、カエルを触ったことがあるのか」

ディエゴはちょっといやそうな顔をした。眉間に寄った皺《しわ》に、ジルはくすりと笑ってしまった。

「まさか、カエルが嫌いなんですか？」

「嫌いではない。ただ、好きじゃないだけだ」

「それって普通、嫌いって言うと思う」

「――だって、見るからにぬるぬるしているだろう」

ぐるる、と小さく唸るディエゴは気まずそうだった。威風堂々とした見た目なのにカエルが苦手だなんて、似合わないにもほどがある。そういえば、せっかく折ってみせたカエルも、彼は一度も触っていない。

（ディエゴって、たまにこういう可愛いところがあるよね）

最初は威圧的に感じた狼の顔も、最近ではおとなしい大型犬みたいに見えるときがあるほどだ。

アルバートに会いに行かせてもらってから半月ほどが経つ。

あれ以来、ディエゴはこうして、ときどきジルの部屋を訪ねてくるようになっていた。

今日のように昼に来ることもあれば、夜を一緒に過ごすこともある。身体を要求されることは約束どおりなく、ただお互いに話をする。

オメガを理解したい、と言うディエゴのために、ジルは習ってきた芸事を見せながら質問に答えるのだが、それがなかなか楽しかった。習い事は全部退屈だったはずなのに、折り紙ひとつでも、こうして話しながら作るのは悪くない気がする。

興味を持って、自分のことを知ってもらうというのは嬉しいものなのだ。

ジルは新しく作った星をディエゴに差し出した。

「カエルが嫌いなら、次に折り紙をするときは作りません。……ディエゴは、なにか好きなものは？」

「動物はあまり好き嫌いを考えたことはないな」

「じゃあ、趣味は？」

折り紙を中断し、テーブルの横に用意されたティーワゴンからポットを取ってお茶をそそぐ。無骨な獣人の指で器用に華奢なカップを持ち上げたディエゴは、ジルと折り紙とを見比べた。

「趣味というのも考えたことはないな。――強いて言うなら、子供のころ、星を見るのは好きだった。星座の名前を一生懸命覚えたものだ」

「星！　私も星空は好きだ。でも、星座はよく知らないです……本って、あんまり好きじゃなくて」

「ジルは外を駆け回るほうが好きそうだ」

ふっとディエゴは笑みをこぼす。

「鶏を追いかけ回すオメガなんて、初めて会った」

「あれは……！　いい加減忘れてください」

笑うディエゴを睨み、ジルはお茶に口をつけた。今日は柑橘《かんきつ》系の、爽やかなにおいとさっぱりした苦味が心地よかった。

窓の外は晴天で、午後の眠たげな青空が広がっている。広い庭は鳥たちにも憩いの場所らしく、夕方が近いこの時間でも、梢《こずえ》からはさえずりが聞こえていた。

「……不思議な感じ。ここでこんなふうに、あなたとお茶を飲んでいるなんて」

半分ひとりごとのつぶやきに、ディエゴは声をたてて笑った。

「人生なにがあるかわからないと、よく言うからな。予想外のことがあるほうが、楽しみがある」

「予想外のこと……たしかに、あなたに出会わなければなかったことです。オメガにはめったにないですけどね。役割が決められているから、どこに行っても大差はない」

誰のせいで「予想外」の生活を送っているんだという非難をこめてディエゴを睨んだが、自分でも本気で怒っていないとわかる視線に、ディエゴが動じるわけもない。

「それを言うなら、俺たち貴族もそう自由なわけじゃない。きみよりは自由かもしれないが」

ディエゴはまた折り紙の星を手にした。

「子供のころ、ひどく怒られたことがあるんだ。船乗りになりたいから、勉強するよりも港に行って彼らの手伝いをしたい、と言ったら、貴族の義務を放棄する気かと」

「それは……怒られそうですね」

貴族であっても、らしくないことをしたがれば怒られるものらしい。怒られるときの気持ちがわかるだけに、同情してしまう。

「本当は今でも、いつかは船に乗って航海をしてみたいと思っている」

「今でも？」

ジルは目を丸くした。意外だった。ディエゴはジークフリード家の一員としての責任を果たすつもりでいるからこそ、ジルを屋敷に置いているはずだ。

ディエゴは気恥ずかしげに頷いてみせた。

「もちろん、兄たちには内緒だが、ゲラルトもトネリアも優秀で、自慢の兄だ。二人がいれば、ジークフリード家は十分安泰だろう。だから、俺ひとりくらいは冒険をしても許されるんじゃないかと思う日もある」

「――あなたでも、そんなことを考えたりするんですね」

「義務から逃げる気はないが、どうしてもときどき考えてしまうんだ。せめて、ずっと未来に、いろんな義務を果たし終えて仕事をやめたあとなら、船に乗るくらいいいんじゃないかと」

「ずっと未来……」

ずっと未来なんて、考えたことはなかった。でもたしかに、やるべきことを終えたあとで自由になる、というのは、許される確率も高そうだ。それに。

「ディエゴは、ジークフリード家を誇りに思っているんですね」

ディエゴはちゃんと自分の立場と向き合っているのだと、改めて思う。

オメガのことを知ろうと考えるのも、義務から逃げる気はないのも、名だたる貴族としての誇りがあるからなのだろう。

「それはもちろんだ。兄だけでなく、父上や祖父も尊敬に値する人物だし、ジークフリード家がかかわる事業はすべて、バーネルードの発展のためには必要なものだ。そういう仕事をするのが、貴族の義務だ。……まあ、なかには、権力と金がほしいだけの貴族もいるが、ジークフリード家は違う」

胸を張ったディエゴは、ふと照れくさそうに目元を赤くした。

「我が一族は誇りでもあるが、おかげで実際には、仕事の一線を退いても、なにかといろんな席に駆り出されることが多いのは、祖父たちを見ていてわかっているんだ。俺ごときでも、将来好きにできるかどうかはあやしいが――でも、船への憧れはなかなか消えない」

「わかります」

ジルはディエゴの青い瞳をじっと見つめた。

以前よりずっと、ディエゴには親しみを感じる。錯覚でも希望でもなく。

「私も、海は好きだな。できるなら行ってみたいです。ずっとずっと――遠い国まで」

オメガでなくても、それはたいてい叶《かな》わぬ夢だ。海は今でも未知の領域で、危険が多い。その危険をおかして船に乗り、旅に出るのは、一部の商人やそれを警護する傭兵《ようへい》くらいだ。

なのに、ディエゴは申し訳なさそうに表情を曇らせた。

「遠い国か。ジルの願いはできるだけ叶えてやりたいが、難しそうだな」

「あなただって行けないのに、私が行けるわけないよね」

ジルは明るく笑って部屋を見回した。

「昔ね、兄や母たちによく叱られてたんです。空を飛んでみたいとか、海を見たいとか、変なことばっかり言うって。わざわざ外に行きたがるなんてって、呆れられてた。オメガは生まれながらに愛される存在で、可愛がってもらうのが一番の幸せなのに、どうしてそれがわからないんだって、何度諫《いさ》められたかわかりません。——ディエゴも言っていたでしょう。ヨーヨーを見て、逃げ出しても生き延びられるわけがないって。私たちもヨーヨーと同じです。籠の中に住むのが似合いの、愛玩用の鳥だ」

「——ジル、あれは……」

「きみは違う、なんて言ってくれなくていいですからね」

なにか言いたげなディエゴを遮って、ジルはもう一度笑ってみせた。

「やっぱり不思議。どこにも行けないと思うと、前はたまらなく苛々したのに、ディエゴと話してるとあんまり苛々しない。……ていうか、こんな話、あなた以外としたことない」

部屋に閉じこもったきりで、せいぜいが庭を散歩するだけの生活なんて、飽き飽きして叫び出したくなって当然なのに、この半月のジルの心は落ち着いていた。

落ち着きたいと願ったわけではない。今でも、遠い場所への憧れはある。できるなら行ってみたいところ、見てみたいものはたくさんあって――けれど、それを思うときも、前よりずっと穏やかな気持ちでいられる。

「ジル、街に行こう」

ディエゴが急に立ち上がり、ジルはびっくりして見上げた。

「街？」

「港に連れて行くには少し時間が遅いが、街外れの高台からなら、ここからより海がよく見える」

ディエゴは戸惑うジルの手を取ると、半ば強引に立ち上がらせた。そのまま部屋を出てしまう彼についていきながら、ジルは横顔を見上げた。

「……私が行ってもいいの？」

「ああ、もちろんだ」

「仕事は？　私の部屋を訪ねてくるのだって、時間を取っているのに」

「気にするな。セントラルの街は、行ったことがないだろう？」

「それは、ないですけど」

「なんだ、不安か？」

ディエゴは振り返ると、突然のことに戸惑うジルを励ますように笑顔を向けた。

「ノルンに言ってマントを用意してもらえば、馬車を降りても目立たない。それに、俺が隣にいれば危険もない」

そういう心配をしているわけじゃない、と思ったが、ジルは視線を逸らした。

「ありがとうございます」

胸と、目の奥が熱い。握られたままの左手も熱かった。なぜだろう。セントラルの街中に行って高台から海を見るのはすごい贅沢なのに、ただ嬉しいのとは少し違う。

（……なんで、ちょっと苦しいみたいに、胸が痛いんだろう）

忘れそうだ、と思う。

ここだって籠の中で、ジルはその中にいて、これから街に連れ出してもらっても、飼い主同伴の散歩のようなものだ。

本当にほしいものが手に入るわけではない。少し近くで海を見ても、船には乗れない。

でも。

階段を降りる足音を聞く耳の奥では心臓が躍るように鳴っているのが聞こえる。胸が痛くて苦しいのに——心が高鳴る。


夕方の高台は街の中心部から離れているせいか、ひと気は少なくて静かだった。見晴らしのいい小さな広場の端はテラスのように石の柵が設けられ、海を眺められるようになっていた。柵に近づくと視界がひらけ、ジルは思わず声をあげた。

「すごい、こんなに広いなんて――」

果てがない、と聞かされても、想像がつかなかった海が一面に見える。

部屋の窓からわずかに見える海でさえ、圧倒されるほど大きく思えたのに、眼下に広がる海は息を飲む広大さだった。

それに、美しい。

午後の遅い時間だから、青というより暗い鈍色をしているのが神秘的だった。

「……あんなに大きかったら、本当にいるかもしれないですね、海の怪物」

強くなりはじめた風にマントがはためく。飛びそうなフードを押さえてつぶやくと、隣に並んだディエゴが首をかしげた。

「怪物？」

「聞いたことがあるんです。海にはすごく巨大な、得体のしれない怪物がいるって。足が八本とか、十本とかあって、船よりも大きいって」

「ああ、それなら、実際そういう生きものがいるらしいな」

「えっ⁉」

びっくりして振り返ると、ディエゴは笑いながら頷いた。

「俺も見たわけじゃないが、遭遇した船乗りの文献がいくつもあるから、本当なんだろう」

「――海でそんなのに出くわしたら、怖いだろうな」

「だが、遭遇した船乗りが生きて戻っているんだから、襲ってくるわけじゃなさそうだ。もしかしたら巨大なだけで、美しいかもしれない」

「美しい……見てみたいなぁ」

自然とそう言ってしまってから、また叶いもしないことを、とジルは自嘲しかけたが、ディエゴは「そうだな」と頷いた。

「俺も見てみたい」

静かな声で言いながら海を眺めるディエゴの横顔は、声と同じくらい穏やかだった。

「航海に出るときは、二人で行こう」

ひどい台詞《せりふ》だ、と思った。航海に出るときなんて、来るはずがない。ディエゴだってそれは承知しているはずだから、単なる夢物語にすぎない。

それでも、ジルは頷いた。

赤く染まりはじめた太陽を受けて、海はきらきらと金色に輝いている。風は、胸の底からわくわくする潮のにおい。

「……楽しみです」

そんな日は来ないと知っていて、行けたらいい、と素直に思えた。

（不思議。ディエゴといると、しょっちゅうどきどきする）

まるで子供に戻ったかのようだった。小鳥を初めて見たときのように、夢中でカエルを追いかけたときのように、胸が躍る。

＊＊＊

刻一刻と日が傾いていくのにあわせ、海は黄金の輝きを帯びていく。吹きつける風は湿気をはらんでひんやりとしていて、そろそろ戻る時間だと教えてくれていた。

それでも、ディエゴはジルを急かす気にはなれなかった。

わずかに唇を笑みのかたちにして海に見入っているジルは楽しそうだ。普段は霧の夜のように静かな瞳も、好奇心で輝いている。

海には足が八本とか十本ある巨大な生き物が本当にいる、と知って驚いていた顔を思い出すと、ディエゴの顔もついほころんだ。

つんと澄ましているジルは綺麗だが、驚いたり怒ったり、笑ったり……感情が表情に出ると、幼く見えて、それがひどく可愛らしい。おそらく、冷静な大人を装った態度よりも、生き生きした彼のほうが本来の姿なのだろう。

情感豊かで、好奇心が旺盛で、活動的な——エネルギーに満ちたひとなのだ。

「あ！」

気づかれないのをいいことに横顔を眺めていると、ジルは急に声を上げて空を指差した。

「星だ……！」

ぱあっと顔を輝かせてジルが振り向き、ほらあそこ、と教えてくれる。茜色《あかねいろ》の西の空にはたしかに星がひとつまたたいていた。

「初めて見た。すごい……ほんとにひとつだけ、先に見えるんだ」

「すぐにほかの星も見えるようになるから、短い時間だけの楽しみだな」

一番星くらい、毎日見える——と無粋なことを言う気にはなれず、ディエゴは目を細めた。ジルは風でフードが外れてしまったことにも気づかないくらい夢中で空を見上げている。

「あ、あっちにも！　……海も、船に灯りがついているのが見える！」

表情だけでなく、弾んだ声まで無邪気で子供のようだ。暗くなってきたからな、と応じて、ディエゴはそっと肩を引き寄せた。

「もう少し見せてやりたいが、今日は戻ろう。ノルンには夕食までに帰ると言ってしまったから」

「あ——そうですよね。わかりました」

残念そうな顔をしたものの、ジルはわがままを言ったりはしなかった。振り返って街並みが仄《ほの》暗《ぐら》くなっていることに気づくと、驚いたようにつぶやく。

「夢中になってしまったみたいだ。もうこんなに日が暮れてたんですね」

「今度は早い時間に出かけよう。そうしたら長く楽しめる」

肩を抱いたまま馬車へと向かいながら、ディエゴの声は自然と丸くなった。機嫌を取る声音に、ジルのほうは眉をひそめる。

「いいんですか？　こんな特別扱いは、周りからよく思われないでしょう」

「いいんだ。きみをよく知るためなんだから」

待っていた御者がドアを開けてくれる。ジルを先に乗せて自分も隣に座ると、ジルは不満げに頬を膨らませた。

「私のことだけじゃなく、オメガのことを知りたいんでしょう？　だったら、もっとこう……西の離れの中で、ほかのオメガがどんなふうに過ごしているのかも、学ばなきゃいけないんじゃないですか？」

「街に出かけるのは嫌いか？」

「――私の好き嫌いの話をしてるんじゃない」

きゅっと眦《まなじり》を吊り上げて睨まれるのも、なんだか楽しい。ディエゴは笑ってジルの頭を撫でた。

「きみは怒ったり笑ったりするときの顔が幼くて、見ていると面白いな」

「………人の顔を面白いだなんて、ディエゴってときどき、ものすごく失礼だ」

「すまない」

怒られるのも呆れられるのも悪くない気分だ。ころころ変わる表情や声のトーンが、伸びやかで心地よいから。

褒めるつもりでディエゴは言ったのだが、ジルは喜ばず、呆れたような顔をした。

「悪かったですね、面白くて子供っぽくて。私だって、ディエゴ以外にならもうちょっと、ちゃんと振る舞うよ」

「そうなのか？」

「気遣いが必要なときは私だってそうします。でも、ディエゴには、」

ジルは言葉を切ると、わずかに頬を染めてそっぽを向いた。

「俺には？」

「……遠慮するだけ無駄かなって。好かれなくたっていいと思うと気が楽で、つい……。でも、私のことが知りたいって言い出したのはディエゴのほうだ。だから、取り繕わないのは私なりの誠意です」

怒っているかのように早口で可愛げのないことを言ったジルは、のろのろとディエゴを振り返った。

「でも——連れてきてくれて、ありがとう。海も一番星も、見られてよかった」

「……ジル」

「してもらったことに礼を言えないほど子供じゃないから」

またぷいっと顔を背けてしまうジルの後頭部を眺めて、ディエゴはじんわりと胸があたたまるのを感じた。

しみじみと嬉しさを噛みしめるのなど、いつ以来だろう。

大人になると忘れがちな、些細《ささい》なことで幸福を覚えるこの感覚を味わえただけでもいい経験だが、ディエゴはまた見たい、と思った。

ジルの、生き生きした表情を、瞳を、その姿を、何度でも見たい。

第五章　秘められた視線

ディエゴと過ごす時間は、ジルにとってすっかり楽しみなものになった。

庭でディエゴの馬に乗らせてもらったり。

本館の図書室に入れてもらい、海の謎めいた生き物たちの図鑑を見せてもらったり。

ディエゴが大切にしているという帆船模型を見せてもらったり。

オメガの嗜みのひとつである刺繍を、「本当に下手だから」と前置きした上でやってみせて、あまりのひどさにディエゴに笑われたりもした。

あまりに笑われるので、だから下手だって言ったのに、とむくれたものの、最後にはジルまで愉快な気持ちになって、一緒になって笑ってしまった。

今度はディエゴの嫌いなカエルを刺繍してやろう、と考えると、あんなに嫌いだった刺繍も楽しい気がしてきたし、本だって、興味があるものなら面白いのだと気がついた。

新しいことに気づいたり、驚いたりできる日々が、楽しくないわけがない。

自然と、ジルはディエゴと過ごせるのを心待ちにするようになっていた。

ディエゴはゲラルトの仕事を手伝っているため、数日いないときもある。手伝っているだけだと言いつつ、それなりに忙しそうにしているにもかかわらず、時間がない日も一言挨拶をするためだけに部屋に寄ったりする。

挨拶だけの日は花束を持ってくるのが常で、おかげでジルの部屋はいつも窓際が華やかだった。

そんな特別待遇は、当然ながらほかのオメガにも気づかれる。庭に出るためにサロンの横を通りかかると、聞こえよがしに悪口を言われたりするが、ミュラー家でも言われ慣れていたジルはほとんど気にならなかった。

むしろ、ここでは悪口を言われるのは当然だと思う。

ジークフリード家にいるオメガは、ミュラー家と同じようにオメガを派遣する家から来ている者ばかりだ。彼らだって、一定期間中にジークフリード家の誰かの子供を身ごもらなければ、屋敷を去ってまた別の貴族を探さなければならない。約束された居場所がないという意味ではジルと大差ないのだ。

一度子供が産めれば、十分な報酬をもらって家に帰り、そこから先は静かに暮らしていくことも可能だが、たいていのオメガが望むのは、継続的に貴族の屋敷で囲われることだ。

獣人の子を産んだという実績があれば、長く屋敷に住んで、贅沢で不自由のない生活を送ることができる。

ジルは贅沢がしたいとは思わないけれど、誰だって、「ここなら安心だ」と思える場所があるほうがいい。

そのためにはオメガは獣人の子を産むしかないのだから、必死にもなる。

ミュラー家を離れてみて、ジルはようやく、ほかのオメガのことも少しだけ理解できる気がしていた。

ジルは抜け出したいと思うけれど、抜け出せないならせめて、その籠の中で幸福になりたいと思う者だっているだろう。幸せを願う気持ちには、たぶん違いがない。

人生をかけて子供を産みたいと願うオメガから見れば、なぜディエゴはひとりのオメガばかり相手にするのかと不満に思うのも当たり前だ。

ジルだって、ディエゴは少しジルを特別扱いしすぎではないかと思う。

もっとも、独り占めするなとなじられたところで、ディエゴとジルのあいだにはなにもないから、見当違いではあるのだが。

「ここにしよう」

つらつらと考え事をしながら歩いていたジルの前で、ディエゴが足をとめて振り返った。

「ここなら空が広く見える」

「じゃあ、このへんに敷きますね」

持ってきた敷布を広げると、黙ってついてきていたノルンが、銀のトレイをその上に置いた。大きな銀のポットとカップが二つ、それにつまんで食べやすい小さな菓子が載っている。別の使用人がクッションも置いてくれ、ジルはその上に座った。

今日は星を見るのだ。

ジルのことをいろいろ教えてもらったから、お礼に星座を教えてやるとディエゴが言い出して、こうして夕食後に庭で見ることになった。

ディエゴには伝えていないが、今日はジルにとって成人を迎える誕生日だった。そんな日に、夜更かしして外で星が見られるなんて、今まではあり得ない贅沢だ。

あたりはとうに暗くなっている。使用人が下がっていき、ディエゴがランプを地面に置くと、静けさと闇がジルたちを押し包んだ。

藍色の夜空には白く星が光っていて、目が慣れるにつれて、かすかな青や赤を帯びた星の色の違いもよく見えるようになった。

「綺麗ですね、星。窓から見るより、たくさん見える気がする」

素直に感動してそう言った直後、ジルは寒さに身震いしてくしゃみをした。慣れない夜風は思いの外冷たく感じられる。

ディエゴは毛布を広げると、ジルの肩に手を回し、毛布と腕とで包んでくれた。

「これなら寒くないだろう?」

「――たしかに、あったかいです」

ディエゴの首から胸にかけての、たてがみのような毛並みは、予想以上にふかふかしていてあたたかかった。

「遠慮しないで寄りかかるといい。風邪を引かれては困る」

静かに力を込めて引き寄せられ、ジルは逡巡しながらも寄りかかった。

ぴったりくっつくと、ディエゴの体温が服越しにも染み通ってくる。厚みのある体軀はゆるぎない力強さで、ジルがもたれたくらいでは重さも感じなさそうだった。

（あったかいけど……ちょっと恥ずかしいな、これ……）

しっかり抱かれると、ディエゴとの体格の差がはっきりするせいか、子供に戻ったようでくすぐったい。脳裏に浮かぶイメージは、ステラやメイドたちから聞いたことのある、「普通の家族」の、お父さんと子供だ。

ディエゴのほうは頓着していないようで、夜空を見上げて楽しそうな声を出した。

「ジル、あれが一番わかりやすい。東の三角座。金色の星三つで作る三角形だ」

「三角形なんて、どの星をつないでもできそうなのに、名前があるんですね」

「ほかの星座を探す目印になるんだ」

星が好きだと言っていただけあって、ディエゴはわくわくした様子だった。あの三角の底辺を延ばして……と説明をしてくれるのを聞きながら、ジルはポットから飲み物を注いだ。

はちみつの入った葡萄酒《ぶどうしゅ》はあたためてあり、カップを手で包むと熱いほどだった。ディエゴにも手渡し、ジルは甘い酒に口をつけた。

飲み慣れないけれど、おいしい。

「その先にあるのが翼竜座。九つの星をつないで形にする。あの青い星二つが角、小さい白い星四つが翼だ」

ディエゴが指を動かして形を描いてくれても、あんまり竜には見えなかった。星座を考えた人物は想像力が豊かだったのだろう。

「西には親子うさぎ座というのもある。目印はあの金色の星と、斜め下の赤い星で、後ろにある三つ並んだ星が子供のうさぎなんだ」

「それは知ってます！　神話に出てくる親子うさぎですよね」

子供のころ、絵本で読んだことがある。ディエゴは大きく頷いた。

「星座はひとつひとつ、物語があるんだ。神話はときに理不尽だったり、悲運で終わったりするだろう？　でもそれが却って興味深くて、もっと知りたくなってね。夢中になって覚えたものだ」

声がいつになく弾んでいるのは、好きな星を見ているからだろうか。

ジルだって夜に外で星を見るのは初めてだから楽しいが、今日はディエゴのほうが楽しんでいるようだ。

そういう彼を見ていると、ジルもつられて気分が高揚していく。

「懐かしいな……夜中にしか見られない星座がどうしても見たくて、従者や兄たちにも内緒で部屋を抜け出したこともある。だが、途中で眠くなって、結局起きていられなくて、朝まで庭で寝てしまったんだ」

「それ、怒られたでしょう」

「怒られたが、それ以上に呆れられたよ」

朗らかに笑うディエゴの声が、寄りかかった肩から直接響いてくる。ジルはもう一口はちみつ葡萄酒を飲み、頭をディエゴの胸に預けた。

ふかふかの毛並みに包まれると、あたたかいだけでなく安心する。毛布の外の空気はひんやりしているのがわかるのに、彼とくっついている部分はぬくぬくとして、それこそ眠ってしまいそうだった。

「子供のころのディエゴは、きっと可愛かっただろうな」

「――どうかな。可愛いと言われたことはなかったが」

恥ずかしいのか、一瞬返事が遅れたディエゴは、それからそっとジルの肩を抱き直した。

「眠くなったか?」

「ううん、まだ平気。もっと星座、教えてください」

気遣いの滲《にじ》む彼の声を聞くと、自然と笑みが浮かんだ。ジルはすぐそばにあるディエゴの顔を見つめ、微笑んだまま首をかしげた。

「ディエゴが一番好きな星座は、どれなんですか?」

ディエゴはきゅっと目を細めた。なにか言いたげにひげが震え、ひくひく鼻が動く。かと思うと視線が逸らされ、かわりに肩を抱く手には力がこもった。

「好きなのは……船座だな。今は見えないんだが、四つの星で作る船本体の上に、帆を表す星が二つあって、大きな星座だ」

「空の海の船か。かっこいい！」

見たことのない星座を思い描いて、それも見てみたいな、とつぶやくと、ディエゴはぎこちなくジルの髪に触れた。

「先に本を見せればよかったな。絵を見てからのほうがわかりやすいし、今日は見えない星座もわかる」

「でも、実際に星を見ながら教えてもらうほうが楽しいです。覚えましたよ、東の三角座」

最初に教えてもらった星を指差し、それからジルは思いついて指を動かした。

「三角座にあっちの星も加えたら、四角座だ」

「新しい星座だな。俺も小さいころは考えた」

「へえ、どんな？」

「星を段々のかたちにつないで、階段座」

「……四角座に階段座って、私たち、星座作りには向いてなさそうだ」

思わず噴き出してしまい、ジルは楽しくなってきてディエゴに寄りかかった。

頬に触れるだけでもあたたかい彼の毛並みは、中に手を入れたらすごく気持ちがよさそうだった。頬をすり寄せるとどうしても触ってみたくなって、ジルはじっとディエゴを見上げた。

「ディエゴ。実は私、今日が誕生日で」

「誕生日？　本当か」

ディエゴが驚いてぴっと耳を立てた。

「なぜそれを早く言わない。大事な日だとわかっていたら——ちゃんと祝いの品だって用意したのに」

「いらないです、祝いの品なんて。……でも、誕生日だから、ひとつわがままを言ってもいい？」

にい、といたずらっぽく笑ったジルに、ディエゴは大きく頷いた。

「もちろんだ。なんでもいいぞ」

「ディエゴのこのふかふかのところ、触ってみたい」

そっと毛を撫でると、ディエゴは意外そうにまばたきした。

「触るだけでいいのか？　誕生日なのに？」

「だって、狼のたてがみなんて触ったことないから」

「……触るのは、かまわないが」

「やった、ありがとう！」

微妙に歯切れが悪いディエゴの気が変わらないうちに、ジルは急いで手を伸ばした。

思ったとおり、たっぷりした毛並みの中はあたたかい。外側の毛はなめらかなのに比べ、内側の毛はほわほわとした綿毛のようだ。

「すごい、見た目以上にふかふかだ！　こんなにふかふかじゃ、暑い日は大変じゃない？」

むぎゅ、と抱きつくともっと気持ちいい。はしゃいでかき回すと、ディエゴはくすぐったそうな顔でため息をついた。

「暑いから、我々は薄着なんだ」

「たしかにそうですね。……お日様のにおいがする」

鼻をうずめてにおいを嗅ぐと、さすがにいやだったのか、ディエゴは咳払いした。

「もうそれくらいでいいだろう。今から誕生日プレゼントをやるから、離れなさい」

「今から？」

前もって用意できるはずがないのに、と目を丸くしたジルをちらりと見て、ディエゴは空を指した。

「あの銀色の星があるだろう？　あそこからこう、ジグザグに四つ星をつないで、ジル座にする」

「……ジル座？」

「ジルがヨーヨーを追いかけて走っている星座だ」

真顔で説明され、ジルはつい噴き出してしまった。

なにをくれるのかと思ったら、星に名前をつけてくれるなんて。

「変な星座。やっぱりセンスないんじゃないかな」

「……仕方ないだろう。ジルがちゃんと教えておかないから、なにも用意がないんだ」

「いらないって言ったのに」

照れ臭そうにしているディエゴの頬は、ほんのり赤くなっているように見えた。

おかしくて笑っていたはずなのに、だんだん胸が熱くなってきて、ジルは夜空を見上げた。

意味のない贈り物だ。咄嗟に名前をつけた星座なんて、世間では通用するはずもなく、一銭の価値もない。

でも、嬉しかった。

「――ありがとうございます」

ディエゴの作ってくれたジル座は、そこだけ輝きを増したようにくっきりと見える。たぶん明日になっても、一週間経っても、一年経っても、あの四つの星のことは忘れない。

「誕生日プレゼントなんて、初めてです。いつもは母から、これから一年の心構えを諭されるだけだから……祝ってもらえるのは、嬉しいものだね」

素直に言葉が溢れ出るのは夜だからだろうか。

深呼吸すると冷えた土の匂いと湿り気を帯びた木々の匂いがする。熱い葡萄酒は甘くて、星は静かに美しい。

「……本当は、こうやって夜に外で星を見るだけだって、最高のプレゼントだって思ってます。昔使用人に、家族の話を聞いたことがあって」

「家族？」

「父親と母親がいて、兄弟たちも一緒に、同じ家に住んでいるような、普通の家族です。そういう普通の家族は、夏に原っぱに出かけて、テントを張って、兄弟たちやお父さんと星を見たりするって聞いて――羨ましかったから」

「そうか」

ディエゴはゆっくりジルの肩を撫でてくれた。

「そのうち、休暇が取れたら別荘に行こう」

「別荘？」

「ああ、ジークフリード家の別荘はここよりも北の、山の上にあるんだ。セントラルで見るよりも星が近くに見える」

「ここよりも？　すごい！」

貴族の別荘に預かっているオメガを連れていくなんて聞いたことはない。けれどディエゴは本気だろうとわかっていたから、ジルはもう「いいんですか？」とは尋ねなかった。

「すごく楽しみです」

自然と微笑むと、ディエゴは夜なのに眩しそうな顔をした。

「そうだな。俺も楽しみだ――早めに休暇が取れないか、検討しなくてはな」

何度もまばたきする青い瞳は、昼よりも強く光を帯びているようだ。狼だから夜目が利くのかも、と思いながら、ジルはやわらかい毛並みに頭を預けた。

「ねえディエゴ、もっと星座、教えて。ディエゴのオリジナルでもいいから」

頼みながら、ずっと夜が明けなければいいのに、と思った。

こんなにわくわくして、それでいて穏やかな夜なら、ずっと浸っていてもいい。


楽しくて夜更かししてしまったせいで、翌日は少し寝坊した。

西の離れの食堂では遅い時間でもお茶を飲んでいるオメガたちが数人いて、ちくちく当てこすりを言われながら朝食を取ったあと、ジルはノルンを探した。

できれば本館の書庫まで行って、星座の本を探してきてもらいたかった。

昨日ディエゴに教えてもらった星座は逸話も面白くて、知らない星のことも知りたくなった。

彼に聞いたら、書庫には何冊も星に関連した本があるという。

ノルンは忙しいらしく、やっと廊下でつかまえると、時間を気にして懐中時計を取り出した。

「すみませんが、二分後には下に行って、通いの商人から品物を受け取らないとならないのです。明日からまた新しいオメガの方がいらっしゃるのですよ。急ぎの用ならほかの者に頼みますが、いかがいたしますか?」

「いや、急ぎではないんだ。忙しいならいいよ」

「誰かジル様のところにお伺いするように言いつけておきます」

では、と一礼したノルンはぱたぱたと駆けていく。ジルは諦めて部屋に戻ろうかと迷って、思い直した。

図書室の場所はわかっている。星座の本は何冊もあるみたいだから、できれば自分で選べるほうが早いし、昼間の書庫には誰もいないはずだ。

(ディエゴたちはみんな仕事だから、本館は使用人しかいないはずだよね)

ちょっとだけ行って、すぐ帰ってこよう。

西の離れに住まうオメガは、本館には近寄らないのが暗黙の了解のようだった。ただ、禁止されているわけではないのだから、目立たなければ咎められることもないだろう。

庭に出て本館に入ると、思ったとおり、建物の中は静かだった。

使用人もこの時間はあまり屋敷の中を歩き回らない。掃除は明け方までに終わらせるのが普通だから、外での仕事か地下で洗濯や料理の支度をしているか、あるいは主人の身の回りのものを手入れしているかだ。

一度ディエゴに連れてきてもらっておいてよかった、と思いながら、ジルはすばやく図書室に向かった。

図書室の奥、天井まで届く巨大な棚に埋め尽くされた書庫は、トネリアが自慢していただけあって壮観だった。古い革と羊皮紙のにおい、紙のにおい、それにインクのにおいがして、屋敷の中でもここだけ特別な時間が流れているようだ。

本は分野ごとにわけて収納されていて、ジルは背表紙を確かめながら星に関する本を探した。難しげな数学の本の横に並んだ星に関する研究の本を見つけるまで少し時間がかかったが、そこまでたどり着けばあとは早かった。

高い位置にある本を取るために、脚立に登って見比べる。

「すごい、星座の本だけでもこんなにあるんだ」

図解が多いものや文章が多いもの、大判のものや小さな本までいろいろだ。どれがいいだろう、と見比べはじめたジルは、ふいに背後に気配を感じて、びくりとして振り返った。

「……きみは、ここでなにを?」

「トネリア様」

立っていたのはトネリアだった。片眼鏡ごしに不審げな視線を向けられ、ジルは慌てて本を閉じた。

「すみません、ちょっと読みたい本があって……すぐに出ていきます」

午前中のこの時間に、トネリアが屋敷にいるとは思わなかった。ディエゴに聞いたかぎりでは、彼もゲラルトと同じくらい多忙で、朝早くに食事を取るとすぐ出かけることが多いはずだった。

(失敗したな……見つからないで戻るつもりだったのに)

急いで脚立を降りると、トネリアが書棚を見上げた。

「読みたいというのは、星の本かな？」

怒っている声ではなかった。ジルが振り返ると、トネリアは真顔で口元を撫でた。

「星や月についての研究書が読みたいわけではあるまい。星座のことを知りたいのであれば、僕がいい本を選んであげよう」

「……トネリア様が？」

「僕は学問が好きだ。星にも詳しい」

トネリアはジルが使っていた脚立に登ると、迷うことなく二冊選んで降りてきて、ジルに向かって差し出した。

「これなら初心者にも優しい。中を見てみて、気に入ったなら部屋に持っていきなさい」

「いいんですか？　ありがとうございます！」

初対面のときもそうだったが、神経質で堅苦しそうな見た目のわりに、トネリアは親切な性格のようだ。

怒られなかったことにほっとして、ジルは本をめくった。なるほどトネリアの言うとおり、図には色もついていてわかりやすい。もう一冊は星座ごとの逸話がまとめられた短編集で、こちらも面白そうだった。

「じゃあ、この二冊をお借りします。……選んでくださってありがとうございます」

右足を後ろに引いて丁寧に礼をすると、トネリアは気恥ずかしげに鼻をうごめかせた。

「礼にはおよばないよ。……それより、お茶を飲まないか」

「お茶を？　私が、トネリア様とですか？」

「今日は予定していた会合が流れてしまって、時間があいたのだよ。ディエゴも不在だから、きみも……ジルも、退屈だろう」

読む本を借りたから、退屈ということはない。だが、ジルは誘いを受けることにした。

「喜んでご一緒させていただきます」

ジルひとりで書庫にいることを咎めもせず、わざわざ本を選んでくれたのだ。そのお礼になるかどうかはわからないが、時間つぶしに誘ってくれるならば、お茶くらいは一緒にしたい。

トネリアはジルの返事に満足そうに頷くと、本館のサロンへ連れていった。

庭の見える窓際にテーブルを用意させ、二種類のお茶と焼き菓子が数種類並ぶと、さっそく口に運んだ。

彼は食べながら、焼き菓子は取らずにお茶だけ飲むジルを、向かいからじっと眺めている。

「ここでの暮らしには慣れたかな？」

「はい、おかげさまで」

話しかけてくるが、目はあわない。トネリアの視線はジルの髪や首元、手のあたりをうろうろと辿《たど》るだけだった。

テーブルから上の見える範囲を観察するように見つめた彼は、ようやくちらりとジルの顔を見ると、すぐに視線を逸らした。

「弟とも打ち解けたようでなによりだ。ディエゴはあれでも人から好かれる優しさがある。それがきみとはぎくしゃくしているようだったから、気になっていたんだ」

「気にしていただいていたなんて、ありがとうございます。でも、ディエゴ様もよくしてくださっているので」

微笑んでみせると、トネリアはまたちらりとジルの顔を見た。落ち着いた様子で座っているにもかかわらず、視線だけは落ち着かない。たぶん、こんなふうにオメガと二人きりでお茶をするのには慣れていないのだろう。

それでもジルに親切にしてくれるあたりは、ディエゴの兄弟らしい。

「それに、こうしてトネリア様も気遣ってくださるから、私は大丈夫です」

「ならばよいのだが——一緒に街に出かけたこともあるだろう」

トネリアは嘆かわしい、と言いたげに眉間に皺を寄せた。

「あれにはびっくりした。いくらマイペースなところがあるとはいえ、オメガと二人で出かけるなど……昨晩は、庭で星を見たとか」

「はい、ディエゴ様に誘っていただいて……たしかに、マイペースですよね」

ジルは思い出して小さく笑った。

「街に行くのも、急に思い立って『これから行こう』と言ったり、初めてミュラー家にいらしたときも、衝動的に来てしまったと言っていたし」

「かと思えば大事な物事には腰が重いしな。ディエゴはどうも、ジークフリード家の一員としての責任感が薄いのが欠点だ」

ぶつぶつと言いながらお茶を口に運ぶトネリアは、きっと一族思いで、ディエゴのことも案じているのだろう。ディエゴにしてみればうるさく感じるのもわかるが、ジルにはトネリアがいやなひとだとは思えなかった。

（少し堅苦しいところはあるけど、親切だもの）

「トネリア様は、ディエゴ様のことをよく見てらっしゃるんですね」

微笑むと、トネリアは一瞬驚いた顔をした。それから照れたように口を動かし、何度も顎を撫でる。

「べつに、ディエゴのことを見張っているわけではない。ただ、獣人というのは、一族の絆が強いものなんだ。ディエゴのことだけでなく、兄のことも気にかけている」

「仲のいいご兄弟なんですね」

「——まあ、そうだ。兄ゲラルトは僕が気にかけるまでもなく、一族を引っ張る能力に長けているから、ジークフリード家も安泰だが。ディエゴはどうも、放っておけない」

「ディエゴ様も、ゲラルト様とトネリア様のことは、自慢の兄だって言っていました」

兄弟仲がけっしてよくなかったジルにしてみれば羨ましいことだった。だから尊敬の念をこめてそう言ったのだが、トネリアは嬉しそうな顔はしなかった。

「きみの言葉やディエゴの本心を疑うわけではないが、僕は自分に取り柄がないのはわかっている」

「取り柄がないだなんて、どうして？」

自嘲気味な口調に、ジルのほうが驚いてしまった。

「貿易のお仕事をしていて、いつもお忙しそうだし、いろんなことをご存じじゃないですか。商人は不要な知識はないほどだって」

「だが、僕の知識は、学べば誰でも身につく類のものでしかない」

トネリアは苦い表情だった。唸るような声が語尾に混じって、ごまかすようにお茶を飲み干す。

「仕事には誇りを持っているとも。貿易に関しては、僕のほうがゲラルトよりうまくやれる自信もある。……だが、生まれ持ったものはどうにもならない」

「生まれ持ったもの――」

「毛の色、体格、そういうものだけでなく、人の上に立つだけの魅力や権力者としての威厳だって、努力しなくても最初から授かっている者もいる。義務を果たさずにいても見放されることもなく、愛される者もね」

苦いが、諦めの感じられる口ぶりに、ジルは困ってお茶のカップを見つめた。

誰かを慰めたり励ましたりが得意だと思ったことはない。トネリアが、二人の兄弟のあいだでコンプレックスを抱えているのは伝わってきた。でも、ジルから見ればトネリアだって、十分にすごい大人で、しかも獣人アルファで、ジークフリード家の一員で――不足なものなど、なにもなさそうだ。

（だけど、どうしても引け目を感じることは、あるよね）

「私が言うのはおこがましいかもしれませんけど」

ジルはそう前置きして、学者然としたトネリアの顔を見つめた。

「トネリア様は、ジークフリード家にふさわしい、ちゃんとした方だと思います。私などは、本当に落ちこぼれですから」

「きみが？」

トネリアが小さな目をまばたいた。

「はい。ミュラー家はトネリア様もご存じのとおり、オメガを貴族の方のところへ派遣していますす」

「もちろん知っているとも。きみは直系なのだろう？」

「そうです。でも、学ばなければいけないことがどれも好きじゃなくて、しょっちゅう抜け出したり、どうしてやらなきゃいけないのかとごねたりしたので、呆れられてました」

「――今のきみからは、想像もできないな」

「家の中にいるより、外で遊ぶのが好きだったんです。逆に織物のような、時間のかかる作業はどうしても苦手で。自分がいけないんですが、そのせいでおまえはもう駄目ねって、母から匙《さじ》を投げられてしまって」

笑って話すと久しぶりに母の怒った顔を思い出して、ジルはそっと目を閉じた。まだそんなに経っていないのに、不機嫌な顔が懐かしいなんておかしな気分だ。

それに、かつての自分なら、貴族相手にこんな話をしようなんて、考えもしなかっただろう。ディエゴの兄弟だと思うから、ジルも素直に話すことができる。

「……私は、どうしてか、みんながちゃんとできることができないんです。みんなが当たり前だと思っていることを、当たり前だと受け止められない。どうしてだろう、なぜだろうって考えてばかりでした。だからたぶん、私はミュラー家の歴史の中で、一番怒られたオメガだと思います」

冗談めかしてそう言えば、トネリアも、不器用ながらも笑みを浮かべてくれた。

「弟が、きみを特別扱いする理由がわかった気がするよ」

「特別扱い……」

「ああ。普通、屋敷で預かっているオメガを連れて出かけたりはしないものだ。恋人ではないのだから」

「それは……そうですよね」

ジルは困って曖昧《あいまい》に笑った。たしかに、ディエゴには特別扱いされている。でもそれは、恋人のように想われているからではない。ディエゴがジークフリードの者として、オメガのことを学ぼうとし、ジルのことも知ろうと努力しているからだ。

トネリアは神経質に片眼鏡の位置を直した。

「弟は、きみに恋愛感情に似たものを持ちはじめたのではないかと、僕は危惧している」

「それは、ないと思います」

「きみが意識していないだけということもある。無論、愛しあい結ばれる獣人とオメガだっているし、仲がいいのはけっこうなことだ」

「――はい」

「だが貴族……その中でもジークフリード家はわけが違う。多くの子孫を残し、一族を発展させていく義務がある。そのためにはより多くのオメガに子供を産ませることが第一なんだ。仮に愛しあう者がいたとしてもだ。弟は――マイペースだからね。うっかり惚れこめば、ほかのオメガはいらないと言い出しかねないから、危惧しているんだ」

トネリアは眼鏡を押さえたままジルを見ていたが、急に思い出したように顔を背けた。

「まあ……その、ジルのようなオメガでは、ディエゴの気持ちもわからんでもないが」

「ご心配には及ばないと思います」

ディエゴとの間には、トネリアが心配するようなことはなにもない。ディエゴは自分の思惑を兄たちには伏せておきたいだろうから、説明するわけにはいかず、ジルは「大丈夫です」と言うしかなかった。

「私も、自分の役目は心得ています。ディエゴ様は、単純に、私のことを思いやってくださっているのでしょう。——その、お優しい方ですから」

「ジルはしっかりしているのだな」

トネリアはジルの言葉に安心したのか、少し表情をやわらげた。

「気遣いもできる。ディエゴのことは、正直に『変わり者だ』と言ってもかまわないよ」

返事のしづらい台詞だったが、トネリアなりに冗談のつもりだったらしく、ぐるると喉を鳴らした彼の機嫌はずいぶんよくなったようだった。

「まったく、ディエゴは子供のころからなにかと変わっていて、ゲラルトも僕も手を焼いたよ」

「でも、優しいって、トネリア様もおっしゃいました」

あらぬ疑いが晴れたならよかった、と内心ほっとして、ジルはにっこりした。

「トネリア様にもこうしてお茶に誘っていただけるし、私は幸運なんだと思います」

「……ならば、誘った甲斐があるな」

トネリアはゆらりと尻尾を振った。

「白状すると、僕もオメガとお茶など飲むのは初めてでね。普段茶を飲むときは、仕事のつきあいがないかぎりはひとりだ。だが、オメガはお茶をするのが好きだろう?」

「そうですね、たいていのオメガは」

「ミュラー家ならば、ティータイムも華やかだろうね」

昼間やることが多くないからお茶の時間は楽しみのひとつだが、ジルの場合ここ数年は、貴族の嗜むようなきちんとしたティータイムではなく、使用人たちと気楽にお茶を楽しむ程度だった。正直、作法を気にしなくていい地下でのお茶のほうが、ジルにはあっている。

使用人と気取らないお茶をするほうが好きです、とも言えないので、ジルは綺麗な花柄のカップを持ち上げて口をつけた。

「実家にいたころは、幼馴染みとお茶をするのが楽しかったです」

「幼馴染みか」

トネリアは興味深そうに身を乗り出した。

「トネリア様には、幼馴染みはいらっしゃらないのですか?」

「あいにく、いないな。学友と呼べるような相手もいないくらいだ。……ジルの幼馴染みは、どんなオメガなのかな?」

トネリアは、今日はいろいろと質問したいらしい。ジルは少し迷ったものの、正直に言うことにした。

すでにディエゴは知っていることだし、嘘をついてあとでディエゴから真実が伝わったら、トネリアには失望されるだろう。それはいやだった。

「私の幼馴染みは、獣人のアルファなんです。ミュラー家の隣に領地を持つ貴族で、うちとは古くからのつきあいなんだそうです。その息子の……アルバート・ラインハルトとは子供のときからの友人です」

「獣人アルファが幼馴染みとは、驚きだな。ミュラー家はオメガの管理は徹底していると聞いたが、家同士のつきあいが長いから、関わりを許されていたのかね？」

「最初は……許されていたわけではないんですが、私がラインハルト家に嫁ぐことになっていたので、会うのも黙認されていました」

「嫁ぐ？　婚約していたのか」

トネリアは驚いた声をあげ、ジルは頷き返した。

「田舎の小さな領地の貴族ですから、ジークフリード家のように、何人もオメガを預かることはないんです。もちろん、私が務めを果たせなければ、二人目のオメガを迎えることはあるでしょうけど」

「——そうか。そういう家もあって当然だな」

トネリアは落ち着かなげに座り直した。

「では、そちらは弟のせいで破談になったのだね。失礼だが、僕も名前を知らないような貴族ならば、オメガとして魅力を覚えるのはジークフリード家のはず。だが、きみの話では……ジルは、その幼馴染みのことが好きだったのだろう？」

「──」

好きです、とは即答できず、ジルは口ごもった。「ジークフリード家には来たくなかった」と打ち明けるのも失礼だし、そもそも、トネリアの言う「好き」とジルのアルバートに対する好意は意味が違う。

そう考えて、ジルははっとした。

（……そうだ。私は、アルバートに恋してるわけじゃない）

一度も恋をしたことはないけれどわかる。アルバートを好きだと思うのは、友人として、仲間に近い感情だ。

一番心を許せる、大切なひとではあるけれど──。

（でも、恋じゃなくたって、アルバートのところに行けるのは、私の希望だった）

俺のところに来いよ、とアルバートが言ってくれたときは嬉しかった。「私でいいの？」と聞いて、おまえがいいんだと返されて、精いっぱい彼の気持ちに報いたいと思った。

その思いに、今も変わりはないはずだ。

「……大丈夫です。アルバートにもきちんと納得してもらって、こちらに滞在していますから」

迷った挙句にそう言いつつ、もう二か月以上経つのだ、と改めて思い出した。

ディエゴに頼んで会いに行かせてもらって、花嫁修業だと思っているアルバートに話をあわせて──これほど長くアルバートと顔をあわせないのは初めてだ。

恋しく思ってもいいはずが、この二か月余りのあいだに、どれくらいアルバートのことを考えただろう。たぶん数えるほどもない。すでに過去のできごとになったかのように、ろくに思い出しもせず、ジークフリード家から戻ったあとの生活について思い悩むこともなかった。

自分は結局、アルバートのもとに嫁ぐのに。あんなに大好きで大切なアルバートが、待ってくれているのに。

ふっと気持ちが沈んで、ジルは俯いた。

（私は、なんて薄情なんだろう）

トネリアはじっとジルを見つめ、何度も口元を撫で回した。

「慰めにはならないが、ミュラー家の……ジルの決断としては賢い選択だ。ジークフリード家は国内有数の名家で、子供さえ産んでくれれば、きみたちの望みで叶えられないことはない。不自由のない暮らしが約束されているのだからね」

「……」

そうですね、とは言えなかった。だって、違うから。

ジルが今ここにいるのは、ジークフリード家の名前に目がくらんだせいではない。ディエゴが誠意をもって頼んでくれたからで——選んでいい、と言ってくれたからだ。

ジルは自分から望んで、この屋敷にとどまっている。

（……でも、それって、アルバートに対しては、裏切りじゃないのかな）

花嫁修業というミュラー夫人の建前を利用して嘘をついて、騙しているのと同じだ。アルバートは帰りを待ち望んでいてくれるのに、ジルは思い出しもせず、のんきにディエゴが見せてくれる新しいものごとに心を躍らせている。

予想しないほどディエゴといるのは楽しくて——自分の立場を忘れかけていた。

そしてディエゴの立場も、先ほどトネリアが言ったとおりなのだ。貴族の、ジークフリード家の一員としての義務を、果たさなければならない日が来る。

この楽しい時間は、永遠に続くわけではない。

ぎゅっと膝の上で手を握りしめると、トネリアはおもねるように「ジル」と声をかけた。

「ディエゴとは駄目でも、僕やゲラルトとのあいだでなら子供を身ごもれる可能性もある。一定期間がすぎて妊娠できず、それでもジークフリード家にとどまりたいなら、僕がとりはからってあげてもいい」

「……それって」

どういう意味だろう。

(まさか、自分が抱いてやる——とでも言う気なのか……?)

顔を強張らせたジルに、トネリアは慌てたように手を振った。

「誤解しないでくれ、ディエゴと喧嘩するようなことがあっても、悲観しなくていいという意味だ。僕なら力になれるのだからね」

「……はい、ありがとうございます」

短い毛に覆われたトネリアの顔はわずかに赤くなっているようだ。気まずそうに顔を背けている彼に、ジルも早とちりだったのだと考えることにした。

学者然としていて親切なトネリアが、手をつけてやってもいい、だなんて言うわけがない。本当に他意はなく、善意で言ってくれたのだろう。

「親切にしてくださってありがとうございます。お茶も、とても楽しかったです。……もう部屋に戻らないと」

「使用人に送らせよう。僕も楽しかったよ」

トネリアは鷹揚に頷いて使用人を呼びつけた。ジルを西の離れに送るように命じ、もう一度視線を向けてくる。

「また時間があればお茶に誘ってあげよう」

「ありがとうございます」

視線が心なしかまとわりつくように感じてしまうのを、ジルはひそかに戒《いまし》めた。

せっかくよくしてくれるのに疑いを持つなんて、トネリアに対して失礼だ。

本を抱えて自室に戻り、ジルは窓辺に立った。楽しみにしていた星座の本なのに、すぐにひらく気にはなれなかった。

（……トネリア様に、便宜をはかってもらおうとは思わないけど）

改めて、この屋敷で過ごす時間は有限なのだと思い出してしまった。忘れていたわけではないのだが——日々に新鮮な驚きが多すぎて、いつのまにか立場を意識しなくなっていた。

ジークフリード家に来てもうすぐ三か月になろうとしている。誕生日も迎えたジルがいつまで預かりの身なのか、決めるのはディエゴだ。

彼は「兄たちが納得するまで」の一定期間、としか言っていない。具体的な期限が決まっていないということは、明日にでも「もう終わりでいい」と言われるかもしれないのだ。

帰る日は、日一日と近づいてきている。

「変なの」

ひとりごちて、ジルは窓にもたれた。

海が見られることや夜更かし、セントラルの街に出かけられること。そういう特別な日々が惜しいわけじゃない。これが当然だと思うほど自惚《うぬぼ》れてはいない。でも、帰ると思うと気持ちがふさぐ。

アルバートには会いたい。

会いたいのに帰りたくない、と感じるのがなぜなのか、ジルにはわからなかった。

＊　＊　＊

仕事をすませて建物の外に出たところで、ディエゴは向かいの建物の看板に目をとめた。かわうそがトレイをかかえた銅製の吊り看板の横には赤い日よけが張り出していて、窓から見える店内には焼き菓子が並んでいる。

菓子はどれも、市場の露店でも買えるような素朴なものばかりだった。街の人々が仕事のあいまや夜にちょっと楽しむためのああいう菓子を、きっとジルは知らないだろう。

ディエゴは待機していた御者にもう少し待つように告げ、その店に入った。

いくつか見比べて、木の実がぎっしり入った焼き菓子を買うことにする。さくさくした生地に木の実を並べ、渦状に巻いて焼き上げたものだ。今夜はこれで二人でお茶を飲もう。食べながら、次に街に出たら店に入って、自分で好きなものを買っていいと伝えてもいい。

昨日は、ジルは誕生日だったらしい。

大人になった今でこそ普通の日と変わらないが、ジルくらいの年の頃、ディエゴにとって誕生日は大切な記念日だった。一族みんなに祝われ、贈り物をもらう日だ。ミュラー家ではどうも気を引き締め直す節目の日だったようだが、せっかくジークフリード家にいるのだから、祝ってやりたかった。

プレゼントはいらないと言われたが、なにもしないのはディエゴのほうが落ち着かない。

ジル座は思いの外気に入ってもらえたようだったし、彼には物よりも、新しい経験がいいだろう。セントラルのにぎやかな街中はまだ行ったことがないから、連れていけば喜ぶはずだ。

菓子の入った包みを抱え、満足して馬車に乗り込んで、ディエゴはジルの顔を思い浮かべた。

夜目にもあざやかな、無邪気な笑顔だ。

初めてのことに触れると、無意識にだろう、目を輝かせるジルの顔が、ディエゴは気に入っていた。いつもは澄ましている声も少しはずんで、聞いていると楽しい気分になる。

昨晩、庭で星を見ながら毛布で包んであたためてやったときは、毛並みに手を埋めてふかふかだと喜んでいて、なんともくすぐったい思いをした。物理的にも——それからなぜか、胸の内側も。

最近のジルは、以前よりも少し子供っぽくなった気がする。

(ミュラー家のパーティで見たときは大人びているかと思ったが、実はジルは年よりも幼いところが残っているのかもしれない)

賢さと芯の強さがある一方で、年齢よりも幼いあどけなさが同居しているのが、ジルの面白いところだ。ジル自身は大人っぽく見せたいのかもしれないが、たぶん彼が思っている以上に、感情が顔にも仕草にも表れている。

まだまだ子供だ、と思うと、またさわさわと胸の内側がくすぐったくなる。ディエゴは誰も見ていないのに咳払いして座り直した。

屋敷まではあと二十分ほどだ。持ったままの紙袋の中からは焼き菓子の甘い香りがして、今から夜のお茶の時間が楽しみになる。

そういえば昨夜は、ジルははちみつ入りの葡萄酒をおいしそうに飲んでいた。葡萄酒が好きなら、来週の仕事にジルを連れていくのもいいかもしれない。

買収が決まった地方銀行のある町で、その土地を統《す》べる貴族に契約成立を祝う食事に招待されているのだ。

そこは見事な葡萄畑がひろがっていて、綺麗な湖もある。独特の景観を気に入って休暇を過ごしにいく貴族もいるくらいだから、ジルも喜んでくれるだろう。

(誕生日プレゼントがわりなら、セントラルの街に連れていくよりもいいな)

使用人から聞いた、家族での夏の休暇を羨ましがっているくらいだから、旅行に行ったこともないはずだ。

思いつきに満足して、ディエゴは屋敷に着くとさっそくノルンを呼んだ。

「来週の仕事だが、ジルも一緒に行くから、用意を進めておいてくれ」

「――仕事に、ジル様を?」

ノルンがぴくぴく鼻を動かした。そうだ、と言ってディエゴは買ってきた菓子の袋を渡した。

「これは夜のお茶用だ。ジルはどうしてる?」

「食堂で食事をおすませになって、部屋で本を読んでらっしゃいますよ」

「本を?」

あまり好きではないと言っていたのに、珍しい。

「星座の本のようです」

「星座の……そうか」

昨夜の星見はやはり、楽しんでもらえたようだ。

着替えたらすぐにジルのところに行く、とノルンに言い、自室に向かうあいだも気分がよかった。

ゆったりとしていて過ごしやすい服に着替え、足取りもかるく西の離れに向かうと、サロンでは数名のオメガたちが夜のお茶をはじめようとしていた。ディエゴを見かけ、ひとりが思いきったように声をかけてくる。

「ディエゴ様。よかったら、今宵は私たちとお話ししてくださいませんか?」

長い髪の、綺麗な娘だった。隣にいる、華奢な身体つきの男性オメガも、食い入るようにディエゴを見つめてくる。彼らの周りのオメガたちも、みな夜用の、薄くて脱がせやすい、煽情的《せんじょうてき》な服を身にまとっていた。

正直、目のやり場に困る。

「今日はジルと約束がある」

「……いつもジルばかりです。私たちには、寵愛《ちょうあい》をいただく機会を与えてくださらないのですか?」

立ち上がった彼女が腕に手をかけようとするのから、ディエゴはさりげなく逃れた。

「とにかく今日は先約がある。きみたちだけで楽しみなさい」

「ディエゴ様……!」

追いすがる声をあとに背を向ける間際、悔しげな表情が目についた。

必死になる彼らの気持ちも、今ならばわからないでもない。しかし、以前に根負けしてお茶を一緒にしたあとで、本館の部屋に忍び込まれたことがあるディエゴとしては、お茶くらい、と考える気にはなれなかった。

一度目をかけてしまうと、たいていのオメガは気に入られたと思い、要求が多くなる。オメガとしては仕方ない行動とはいえ、ディエゴには気が重いだけだ。

やれやれと思いつつ三階のジルの部屋を開ければ、窓際にいた彼がぱっと振り返った。色気もなにもない、昼間と同じ簡素な服のままで、得意そうに本をかかげてみせる。

「見て、借りたんです。意外と面白いね」

「興味を持ってくれて嬉しいよ。読書を中断して、お茶につきあってくれればもっと嬉しい」

「ノルンが用意してくれたばかりだから、どうぞ」

ジルは手際よくポットからお茶をそそぎわける。ディエゴが腰を下ろすと向かいに座り、改まった表情を見せた。

「このお菓子、街からわざわざ買ってきてくれたんでしょう？　……いつも、ありがとう」

「ジルには目新しいかと思っただけだ。仕事のついでだ、気にしなくていい」

「うん。こういうの、ミュラー家では見たことない」

控えめな笑みを見ると、一日の疲れがほっと癒されるようだった。

だいぶ打ち解けたのに、かといってジルはディエゴにべったり甘えたりはしない。わがままを言うのだって昨夜の「毛皮を触りたい」くらいだ。図に乗ってあれこれ要求もしないし、幼馴染みに会いに行きたいと言ったあとは、もう三か月近く経つのに、自分からはしたいことも言わない。

きっちりと線を引き、わきまえているようなジルの態度は好ましくもあり、もう少し甘えてわがままを言ってもかまわないのに、とじれったくもある。

「……！　これ、すごくさくさくしてる。木の実が香ばしくておいしい」

「この菓子は酒にもあうんだ」

「お酒と食べるのもおいしそう。前にアルバートの屋敷のひとが焼いてくれたお菓子にこういうのが――あ」

弾んだ声で言いかけ、ジルははっとしたように口をつぐんだ。

明るかった表情が曇り、視線を逸らしたのは、離れて暮らす幼馴染み――婚約者を思い出したせいか。

寂しげな表情を見ると、ずきっ、とおかしなふうに胸が痛んだ。

（――ここで幼馴染みの名前を出すのは、反則じゃないか？）

買ってきたのは自分だ。ジルに食べさせるために買ったのであって、彼の幼馴染みを思い出してほしかったわけではない。

むっとしてしまったことに気づいて、ディエゴは奥歯を噛みしめた。

べつに、幼馴染みを思い出してもかまわないではないか。それくらいおいしいと思ってくれたなら重畳《ちょうじょう》だ。

「この菓子はセントラルでは一般的なものだから、ジルが帰るときも買えばいい。幼馴染みと一緒に食べられる」

精いっぱい平静を装ってお茶を飲み、しかしそれでも、動揺はおさまらなかった。

ディエゴと過ごして楽しそうにしていても、ジルはまだミュラー家に戻りたいらしい。否、戻りたいのは幼馴染みの、あの猫科の獣人のところだろう。

だが、ジルだって、ジークフリード家での暮らしは楽しんでいるはずなのだ。

子供っぽく無邪気な表情を見せるくらいには素を出しているし、ディエゴと過ごすのが楽しいならば、このまま屋敷にいてくれてもいいのだ。

ジルなら、子供ができたとしても、図々しくなったりはしないだろう。子供はきっと可愛いに違いない。兄には渋い顔をされるかもしれないが、ジルにはいろいろ経験させてやりたいから、休暇には子供も一緒に別荘に行くのもいい。それこそ、「普通」の家族みたいに。

悪くないなと思ってから、ディエゴは愕然とした。

（――子供？）

「ディエゴ？　どうかした？　なんだか顔が強張ってる」

「いや、なんでもない」

がぶりとお茶を飲み干しても、動揺は尾を引いた。

子供、などと考えた自分が信じられない。子供など、いずれできるにしてもまだまだ考えたくないと思っていたからこそ、ジルを選んだのに。

（――だいたい、ジルにはもう無理強いしないと約束した）

子供どころか、屋敷にとどまることだって、ジルが望まなければおしまいにすべきだ。あと少し、兄たちが諦めてくれるまでは一緒にいてほしいが、いずれはアルバートのもとに嫁ぐのを、見送ってやらねばならない。

約束を破る気はない。だが、いくら落ち着いて理性的になろうとしても、もやもやした気分は晴れなかった。

街の高台から海を見たときも、折り紙を折ってくれたときも、星を見た昨夜も――ジルの心には常に、アルバートという男が住み着いているのだろうか。

第六章　初めての変化

翌週、ジルはゲラルトの使いとして小さな田舎町へと出向くディエゴに同行した。セントラルからは馬車でのんびりと進んで、三日かかる距離だ。バーネルード一の葡萄の産地だという小さな町は、ジルにはなにもかもが目新しかった。

真っ白な壁に青い屋根。道に敷かれた石畳まで白く、日中は眩しいほどだった。小さな集落の外には延々と葡萄畑が広がっていて、空気はからりと乾いて、暑いが心地よい。

契約締結を祝って招いてくれた貴族は、ジルにもおいしい葡萄酒をふるまってくれ、ささやかながらも楽しい晩餐《ばんさん》だった。

翌日は近くの美しい湖を見に出かけ、ゆっくり昼食をとってから町を出発した。そのときはまだ、空は青くて美しかったのだが、二時間もすると急に雲が湧きはじめ、次の村に着く前に雨が降り出した。

雨はまたたくまに土砂降りになり、馬車の窓からは外が見えないほどだ。それでものろのろと進んだ馬車は、しばらく進むと止まってしまった。

御者台を降りた御者が戸を叩く。ディエゴが開けると、彼はざあざあという雨音に声をかき消されないように声を張り上げた。

「すみません！　蹄鉄《ていてつ》が外れてしまって……、村まではもう少しだから歩かせますが、今日はその先にはちょっと——」

「かまわない。小さい村だが、宿くらいはあるだろう」

「すぐに泊まれるところを探しますので」

恐縮したように頭を下げる御者はずぶ濡れだった。

馬は御者にハミを持たれ、よろよろと進む。雨は少しも弱まらないどころか、強さを増す一方で、馬車の屋根を強く叩いていた。

こんな雨は初めてだ。ミュラー家のあたりでは雨はもっと穏やかにしか降らない。窓から見ると道は川のように水が流れていた。このまま一時間も降り続いたら、小さな家畜は溺れてしまいそうだ。

「……大丈夫かな」

不安になってきて、思わず胸元をかきあわせてつぶやくと、ディエゴが「心配いらない」と頷いた。

「宿にもすぐ着く。いざとなったら、きみひとりくらい俺がかついでいけばいい」

「自分で歩けます」

そんなにひ弱ではない。睨むとディエゴは笑い声をたてた。

「その意気だ。不安そうな顔より、そういう表情のほうが似合う」

「睨むのが似合っても、あんまり嬉しくない」

膨れて顔を背けたが、軽口のおかげで感じた心許《こころもと》なさはだいぶ薄れていた。

(——ディエゴと話すと、不思議と心が軽くなる。気心が知れるって、こういうことなのかな)

それだけ長い時間を彼と過ごしているのだ、と思って、ジルは窓に額を押しつけた。

初めて見る景色や初めての飲み物は、たしかに珍しくて興味深かった。セントラルから馬車で出かける道中でさえ、ごとごとと響く車輪の音を聞きながら、少しずつ変わっていく眺めを見るだけで楽しかった。

仕事をする真剣なディエゴを見るのも新鮮だったし、湖ではできるなら、潜って魚を追いかけてみたかった。

わくわくと心が躍る一方で、どうしてもそれに浸りきれなかったのは、先週、アルバートのことを思い出してしまったせいだ。

もともと、ジルはどんなに鬱々としても、それを長く引きずるほうではない。苛立つこともやるせなく感じることも、同じことを繰り返し思い悩むことも多いけれど、数日のあいだには気持ちを立て直して、笑うことだってできる。

それでも、ここ一週間は、アルバートのことが頭から離れなかった。

どんなに貴重な経験をして、どんな喜びを味わおうと、それをアルバートに伝えることはできない。花嫁修業だと信じているアルバートには、ディエゴと過ごした時間の些細な出来事も、黙っているしかないのだ。

大事なひとを相手に隠しごとをするのは、ジルには荷が重い。

それに、今の生活を楽しいと思えば思うほど、アルバートの家で普通のオメガとして暮らすのは、気詰まりになってしまいそうだ。窮屈で物足りない、と感じてしまうに違いなく、そんな自分がいやだった。

子供のころからそばにいて、ジルを助けてくれたアルバートに、無理なわがままを言いたくない。

帰りたくない、とは思いたくなかった。

会いたい。彼を裏切りたくない。

なのに同時に、会うのが怖いような——帰る日を思うと心が沈んでしまう理由を、ずっと考えてしまう。

時間をかけて馬車はどうにか村にたどり着き、一軒しかないという宿に、ジルとディエゴは泊まることになった。

運の悪いことに、部屋は満室だった。街道沿いとはいえ小さな村の宿だから、建物そのものが小さいのだ。にもかかわらず、この雨のせいで泊まると決めた客が多かったようだ。

一室だけでも空いていたのは幸運だった。御者は宿の者が使う部屋で寝かせてもらえることになった。

ディエゴとジルが通された部屋は狭かった。一番いい部屋だと言われたのに、それでもミュラー家の使用人部屋より少し広い程度しかない。

馬車から降りて宿に入るほんの短いあいだでも服が濡れてしまい、まといつく裾が不快だった。借りたタオルで髪を拭《ぬぐ》っていると、ディエゴが申し訳なさそうに頭を下げた。

「こんなところに閉じこもることになってすまない。もう少し早く出発すればよかったな」

「ディエゴのせいじゃないです。天気は仕方がないことでしょう」

「だが、湖に寄ろうと言ったのは俺だ」

「あれだって、私に見せてくれるためだってわかってます」

小さな丸テーブルをはさんで置かれた椅子のひとつに座って、ジルはディエゴにもすすめた。テーブルの上には水差しとコップしかない。けれど、雨のせいで狭い部屋は蒸し暑く、水だけでもあるのはありがたい。

「夕食まではまだ時間がありそうですし、ディエゴも座ったら?」

ディエゴは言われるまま座り、じっとジルを見つめてくる。

「顔色があまり冴えないな。……村でも、普段より元気がないように見えた」

「よその貴族がいるのに、はしゃいだり走ったりはさすがにしません」

普段どおりに振る舞っていたつもりが、ディエゴには気づかれてしまったようだ。

古い木枠の窓の外に目を向けると、ざあざあと流れ落ちる雨だけが見えた。水のカーテンに遮られ、村の景色はなにも見えない。

「心配させてすみません。ちゃんと楽しかった」

「──本当か？」

「ええ。こういう宿だって、泊まる機会はきっと今日だけだし、土砂降りの雨だって初めてだから、面白いです」

半分は本音で、半分は自分に言い聞かせるためだった。楽しいと思えるなら、大事にしようと思う。いつでも思い出して味わえるように。

知らないまま生きていくよりも、いろいろと知った今の自分のほうが、ずっといい。もし時間を巻き戻してやり直せたとしても、ディエゴが街に行こうと誘ってくれたときに、断ることはできない。

たとえ将来の息苦しさが増すだけだったとしても。

「──こういう雨って、滝のよう、って言うんですよね。大きな滝ってこんな感じ？」

「俺も滝は見たことがないが、きっとそうだろう」

つとめて明るい声を出したジルにほっとしたらしく、ディエゴも表情をやわらげた。

「きみはいつも、そうして窓の外ばかり見てるな」

「……そう？」

「ああ。初めてうちの屋敷に来るときだって、馬車から外ばかり見ていた」

「あれは――だって、行きたくなかったから、例外だ」

む、と膨れると、ディエゴは声をたてて笑った。

「行きたくなかったとは、正直だな。でも、西の離れでもたいていは窓際にいるから、例外ではないだろう」

たしかに、いつでも窓から外が見られるように、テーブルは窓際に寄せたままだ。

無意識に外の世界への憧れを滲ませてしまっているようで、ジルは赤くなってまた窓のほうを見つめた。

「ちゃんとわかってるんです。こうやってディエゴに連れられて出かけるのが、特別中の特別だって」

雨は弱まる気配を見せない。激しい雨音は窓越しに部屋を満たし、逆に静かな異界に閉じ込められたようだ。

世界にはまるで、蒸し暑くて狭いこの部屋だけしかないような。

ディエゴとジルの二人きりしか、存在していないような。

「私はオメガだから、自分ひとりで世界に飛び出していけるとは思っていません。生きていけなくて、今より惨めな思いをするのがオチだってわかっています。――でも」

「でも？」

穏やかに促され、ジルはディエゴを振り返った。

「でも、今は、ちょっと思うんです。ひとりではどこにも行けない存在だけれど、広い世界に憧れることまで、無理にやめなくてもいいんじゃないかって。ずっと叶わなかったとしても、憧れることくらいは、自分で許してもいいんじゃないかって」

気遣わしげに眉間に皺を寄せたディエゴの顔に笑いかける。

「だって、世界は本当に、思っていたよりもっともっと、広いんだ。その片鱗だけでもこうして知ってしまったら——憧れるのをやめて、諦めて、自分を騙すことはできません」

本当は憧れているのに、届かないからと諦めたふりをするのは無理だ。

「ほら、ディエゴも言ってたでしょう。いつかは船に乗りたいって。私も、そういう夢を持つのも悪くないなと思って」

「——ジル」

ディエゴは複雑そうな顔をした。なにか言いたげに口をひらき、耳を動かすものの、言葉が見つからないのか黙っている。ジルを思いやっているのが伝わってくるその態度に、ジルはふんわりと心がなごむのを感じた。

ほっとして微笑みそうになって、ジルはだからだ、と気がついた。

ディエゴは一度も、ジルを自由にする、と言ったことがない。オメガがどういう人生を歩むのか知りもしなかったころから、一度もだ。

そのかわり実際には、誰よりもジルに「自由」を見せてくれる。

外の世界。ディエゴがいなければ知ることもなかった、大小さまざまな行為、景色、食べ物。

ジルは水差しを取り上げて、コップに水を注いだ。

胸の奥に感じたあたたかさは心地よいが、部屋の蒸し暑さは快適とはいえない。この蒸し暑さだって貴重な経験ではあるけれど、汗でうなじに髪がはりつくのが気持ち悪い。

ディエゴの分の水も注ぎ足してから、一息に水を飲み干すと、ディエゴは窺うような視線を向けてきた。

「俺はよかれと思って今回きみを連れてきたし、今までも、楽しませてやりたいと思って誘ったんだが……きみがそんなふうに考えているなんて、知らなかった。星を見たときだって、純粋に楽しんでいるのだとばかり」

「もちろん、純粋に楽しんでた」

「迷惑だったんじゃないか？」

「逆です」

思った以上に、ディエゴは気にしてしまったらしい。はじめのころは尊大なところもあったのに、と思い出して、ジルはくすりと笑った。

「この一週間、少し落ち込んでいたのは事実だけど。でも、ディエゴのせいじゃないから気にしないで」

「だが、なんのきっかけもなく落ち込むことはないはずだ」

「きっかけというなら、トネリア様とお茶をしたことかな」

「――トネリアと？」

「はい」

訝《いぶか》しげに唸ったディエゴに頷いて、ジルは首筋の髪を振り払った。拭っても拭っても汗が浮かんでくるが、話していれば気が紛《まぎ》れる。

「星を見た翌日、星座の本が読みたくて……その、ひとりで書庫まで行ってしまったんですけど、偶然トネリア様がいて、初心者向けの本を選んでくださったんです。本当ならノルンに頼まなきゃいけないのに、勝手に書庫に入ったことを咎めずに、親切にしてくださって……お茶にも誘ってくださったんですよ」

「兄にしては珍しいな。仕事以外では社交的な質《たち》ではないのに」

「たしかに、慣れてなさそうだったけど、気を使ってくださったんじゃないかな。お茶のあいだも少し緊張してたみたい」

ディエゴは不審そうな表情を崩さないまま、それで、と促してくる。

「なんの話をしたんだ？」

「いろいろだよ。ディエゴとうまくやっているようでよかったとか……トネリア様は自分が社交的じゃないのを気にしているみたいだったから、私なんてミュラー家の落ちこぼれだって言ってみたり。それで、幼馴染みがいることも話したんです」

「幼馴染みって、アルバートのことを、打ち明けたのか？」

ぎょっとしたようにディエゴが身を乗り出した。

「心配しないで。ディエゴが実は子供を作る気がないってことはちゃんと秘密にしてあるから。ただ、もともとはアルバートの家にもらわれる予定だったことは、言っても支障はないでしょう。トネリア様も、田舎の貴族とジークフリード家なら、こちらに来て当然だと思ったみたいです」

「そ……それならいいが」

あまり安心していない表情で座り直したディエゴが水を飲み干したので、ジルはもう一度注ぎ足した。水差しにはもう残っていない。宿の者は案内したきり、一度も訪ねてこないけれど、言いにいけばお茶くらいはもらえるだろうか。

お茶は飲みたかったが、暑さのせいか立つのは億劫《おっくう》だ。ジルは見るともなくまた窓に視線を向けた。

「……トネリア様にアルバートの話をしたら、思い出してしまったんです」

「帰りたくなったのか」

「──というか、一度会いにいったあとは、アルバートのことをあんまり思い出さなかったなって、気づいて。申し訳なくなりました。一番大事な幼馴染みなのに、なんて薄情だろうって」

「……それは、俺が……、」

ディエゴは言いにくそうに語尾を濁す。ジルはそうですよ、と頷いた。

「ディエゴがいろいろしてくれるから、楽しくて。冷静でいたつもりだけど、たぶん舞い上がってた。——子供っぽくて恥ずかしいよね」

「……」

「でも、それでも、アルバートは私にとって、かけがえのないひとなんだ。私には、ずっと彼だけだった」

絶え間なく窓を伝い落ちる雨は、動き続ける模様のようだ。見ているとくらくらと目眩《めまい》がしそうになる。意識まで揺れるのに、目が逸らせない。

ディエゴはじっと動かずに黙っている。

「私が落ちこぼれなのはディエゴも知っていますよね。初めて会ったとき、ディエゴは鶏くらい使用人に探させればいいのにって言ったけど、実は数年前から、家では使用人みたいな暮らしをしてたんです」

「きみが？」

「ええ。母の言うことも、オメガのみんなが話す内容も、私には理解できなかったし、理解しようという気持ちにもなれなかった。だから、とても貴族の館に派遣なんかできない厄介者だったんです。当然だよね、反抗ばかりしてたもの」

「ミュラー夫人が最初きみを派遣したがらなかったのは、そのせいか」

「そうです。だからラインハルト家にもらわれることに決まって、そのあとはほかのオメガに悪影響があるといけないからって、屋敷の表に出ないで、使用人に交じって手伝いをしてました。母は罰のつもりだっただろうけど、私自身が望んでやっていたことです。——あの屋敷で気が休まるのは、使用人たちといるときだけだった」

裏の畑の土のにおいを思い出す。ハーブの香り、鶏の声。ステラのふくよかな顔やメイドたちのおしゃべり。

「……でも、いくら彼らに交じって気楽に過ごしているつもりでも、つらいと感じることもあった。アルバートの家に嫁ぐのは、息苦しい家を出ていけるチャンスで、楽しみにしていました。だってアルバートとは、小さいころは親に隠れて小川で遊んだことだってあるんです。気心が知れてて、私の性格もわかってて。外に自由に遊びに行けない私に、可愛い小鳥をプレゼントしてくれたこともある、優しいひとだ」

「彼は……きっと、きみのことが好きなんだろう」

「そう——ですね」

複雑そうなディエゴの声に微笑んで答え、ジルは胸を押さえた。息苦しく感じるのは、アルバートに対する後ろめたさのせいだろう。彼の想いに自分がつりあっていないことが心苦しかった、あのころの気持ち。

「私もアルバートのことが好きでした。私を助けてくれる彼に、恩返しもしたかった。……なのに、このままラインハルト家に行って、彼の子供を作る努力をして——生まれ育った土地から一歩も出ないで、オメガとして、私の人生は終わっていくんだろうなと思うと、苦しくなることもあったんです。私はオメガで、それは結局変えられないんだって。檻に閉じ込められて、もがけばもがくだけ狭くなっていくみたいで」

口にするとぐっと喉がつまった。

罪悪感のせいなのか、妙に苦しい。部屋が蒸し暑いせいだろうか。手足の内側がざわざわと落ち着かない感覚があって、ジルは腕をこすった。

息苦しさから逃れたくて、努力して朗らかな声を絞り出す。

「アルバートは、いつも私を励ましてくれていたんです。屋敷ではつらいかもしれないけれど、俺のところにくるまでの辛抱だって。ジルのことは俺が自由にしてやるからって。……でも、アルバートの言う自由は、私の望む自由じゃない。オメガが本当の意味で自由になんか、なれるわけがないんだ。アルバートが自由にしてやるって言うたびに、よけいに自由はないんだと思い知らされるみたいで……それも、苦しくて」

言葉が続かず大きく息をつくと、ディエゴがぎゅっと眉間に皺を寄せた。

「ジル、大丈夫か。少し苦しそうだが」

「平気です。いろいろ思い出してたから、息苦しい気がしているだけ」

思い出すくらいで苦しくなるなんて、今まではなかったことだ。雨のせいで感傷的になっているのかもしれない。ジルは精いっぱい笑みを浮かべた。

「子供っぽいよね。私だって、生まれた性別がどうにもならないことはわかっているんです。カエルは鳥にはなれないし、鶏小屋で生まれて羽を切られた鶏は、外では生きていけない。――だから、今の私は、幸せだなって。本当なら……知ることもできなかったことを知って、見ることのできなかったものを、見てるんだから」

汗が額からすべり落ちた。

「だから、ディエゴと一緒にいて、たくさん楽しい思いをして、ついでにあなたの役にも立てたあとは、喜んで彼のところに帰りたいんです。今度は前よりも、心から望んで、アルバートと生きていく道を、選びたい」

（変だ……苦しい）

さすがにおかしい。

いくら部屋が蒸し暑いとはいえ、あのころのやるせなさを思い出したにしても、こんなに苦しいなんて、あり得るだろうか。

気づけば指の先が小刻みに震えていた。ひどく暑く感じるのに、指先は冷たい。まるで風邪のひきはじめのように、悪寒が身体の芯から込み上げてくる。汗はどんどんと浮かんできて、ジルはよろめくように立ち上がった。

「ちょっとだけ、窓を開けていいですか。この部屋、暑すぎる、から……」

「ジル！」

窓の木枠に手を伸ばしかけたところでぐらりと身体がかしいで、ジルは床に崩れ落ちた。音を立てて椅子が倒れる。

「大丈夫か？」

ジルの顔を覗き込んできたディエゴは険しい表情だった。普段よりも吊り上がった目には強い光が浮かんでいて、怒っているようにも見えた。

どうして不機嫌なんですか、と言ってやろうとして、言えなくて、ジルは大きく胸を上下させた。なぜこんなに苦しいのだろう。

「ジル……薬は？　どこに入っている？」

「薬……？」

「持っているだろう」

焦ったように言われて、ジルは荒い息をつきながら彼を見上げた。

「どうして？　病気なんてないもの、薬はべつに、持っていませんけど」

「そうじゃない、発情を抑える薬だ」

ディエゴは見ていられないように顔を背けた。はつじょう、と小声で繰り返してしまってから、かっと顔が熱くなった。

オメガの発情期を抑える薬はないか、と彼は聞いているのだ。

「いやだな、なんでです？　そんなの持たされたことないです。だって、今まで来たことはないし——」

こんなときに変なことを言わないでほしい、と非難したい気持ちで言いかけて、ジルはようやく気がついた。

ディエゴの喉からは怒りをはらんだような唸り声が聞こえる。ぐっと握り締められた拳は力が入りすぎたせいで震えていて、ジルを案じてくれているにもかかわらず、こちらを見ようとはしない。床に倒れたジルを助け起こすこともしないのは——さわれないからだ。

触れれば、本能に負けそうなのだろう。

ジルが発情しているから。

「……私、発情、してるんですね」

こんなに苦しいものなのか、と思いながらつぶやくと、ディエゴは大きく唸って立ち上がった。

「立てるか？　ベッドに入ったほうがいい」

「——ええ、なんとか」

ジルは床に手をついて上体を起こした。

目眩はするが、注意していれば移動できないことはない。用心深く立ち上がると、ディエゴは数歩後退って離れた。

「俺はさわらないほうがいいだろう。……手伝ってやれなくてすまない」

口元を手で覆っているのは、においを嗅ぎ取らないためだ。自分ではわからないが、発情のフェロモンがもう出ているらしい。

抗いがたいはずのそのフェロモンに耐えてくれているのだとわかって、胸がきゅっと熱くなった。

ジルだって、オメガの発情がどういうものかは知っている。そのフェロモンにあてられれば、アルファは否応なく欲情するのだ。それが本能で、本能がなければ子孫は残せない。

なのに。

「たぶんないと思うが、宿の者に薬がないか聞いてこよう」

せわしなく告げて、ディエゴは部屋を出ていく。本能に従ってジルを襲っても、誰も彼を咎めないのにだ。

「……へんな、ひと」

力なく笑ってつぶやいて、ジルはどうにかベッドに上がった。狭くて厚みのないマットは硬く、ジルが乗っただけでもぎしぎしときしむ。横たわるとまた首筋を汗がつたい、ジルは服をゆるめた。

脱ぐわけにはいかない、と理性ではわかっているが、とても着ていられない。全身が熱くて、溶けていきそうだった。

腹の底のほうが疼《うず》くような感覚は、今までに味わったことのないものだ。

(発情って、こんなふうになってしまうのか――)

指先には力が入らなくて、震えている。しゃんとしたいのに、自分の身体が制御できない。

初めての感覚は怖かった。ふーふーと息をついて、少しでも熱を鎮めようと努力していると、ほどなく部屋のドアが開いた。

ディエゴは中に入ってこず、戸口で立ちどまったままだ。

「薬はやはりなかった。隣町の医者のところならあると思うと言われたが、確実ではないし、この雨では取りに行くこともできないようだ」

「そうですよね……これじゃとても、外は歩けない」

「すまない。俺が気をつけておくべきだった。薬をちゃんと持って歩いていれば、つらい思いはさせなかった」

「ディエゴのせいじゃないですよ」

ジルは努力して身体を起こした。廊下に立って顔を覗かせ、硬い表情をしているディエゴに笑いかける。

「こんなに急に発情期が来るなんて、私も思ってなかったから」

「たしか、今回が初めてだったな」

ディエゴは意を決したように、横を向いて深呼吸したあと、部屋に入ってきた。ベッドのそばまで来て手にしていたタオルを渡してくれ、また横を向いて口元を押さえる。

「汗をかいていたから拭くものは借りてきたが——暑いなら、冷やした布も必要だな。額に乗せれば少し楽なはずだ」

必死で耐えているからだろう、めくれた口角からは牙が覗いていた。きつく嚙みしめられたその牙を見ると、ずきりと胸が痛んだ。

こんなに彼を苦しめているのは、自分なのだ。

「大丈夫です。なにも、しなくても」

「そうか……。では、俺は外にいよう。そばにいないほうがいいだろう」

「でも、宿は満室ですよ」

「廊下にいる」

ディエゴはそそくさと部屋を出ていこうとする。ジルは手を伸ばして、彼の服の裾を摑んだ。

「ディエゴ」

ぎくりと彼が振り返る。一瞬目が猛々しい光を帯びて強く輝き、すぐに悔いるように伏せられた。

「なんだ。必要なものがあればなんでも言うといい」

「――できたら、ここにいてください」

「それは……しかし、」

「ディエゴも苦しいのは、わかっています。でも……その、初めて、なので、勝手がわからないんです。このあとどうなるのかも、知らなくて」

話すだけで息まで熱くて、唇が乾く。ひりひりして感じるそこを舐《な》めて、ジルは握った服を離した。

「すみません、わがままを言いました。……出ていってもいいので、このあと、どうすればいいかだけ、教えてください」

ぐっと胸元で手を握りしめると、ディエゴが困ったように唸った。

「わかった、ここにいる。不安で当然だ」

「……ディエゴ」

「心配はいらない。一晩耐えるのはつらいだろうが、夜が明けたら、いや、雨が上がったらすぐにでも、隣町まで薬をもらいにいくから、辛抱してくれ」

言いながら、ディエゴはよろめくようにベッドから離れた。ジルに背を向けると、垂れた尾がせわしなく左右に揺れていた。

見ているときゅっと目の奥が熱くなった。変なひと、と強がりたいのにできない。

ディエゴは変わっているのではなく、誠実で、優しいのだ。

本能に逆らい衝動をこらえて、苦しい思いをしても、約束を守ってくれている。「二度ときみをもののようには扱わない」と誓ってくれたから。

喉から胸がつかえたように感じて、ジルはゆるめた服の上からそこを押さえた。

気づけば全身が小刻みに震えている。暑いのに、背筋にはぞくぞくとした寒気がある。力が入らなくて、腹の中はどろどろと溶けたようなのに、芯だけ竦んで強張っているようだ。

「……、さむ、い」

震える唇でつぶやくと、ディエゴがはっとしたように振り向いた。震えるジルを見て、急いで毛布をかけてくれる。

それでも震えがおさまらないジルに、彼は不安げに眉を寄せた。

「顔色が悪い。……苦しいか？　気分は悪くないか？」

「へいき。ただ、寒いだけだから」

落ち着かなく尻尾が動いているのがかわいそうだ。ジルは少しでも安心させたくて微笑んだ。

「発情期って、たちの悪い風邪みたい。あんなに暑かったのに、寒いなんて……ディエゴの、その毛皮がうらやましいな」

ディエゴはぺたりと耳を寝かせ、弱りきった表情で肩を落とした。

「貸してやれたらいいんだが……この時期は暖炉の薪《まき》もない。毛布なら、もっと借りられるかもしれないから、持ってこようか」

「いいえ」

ジルは首を横に振った。身体の芯からおかしいのだ。毛布ではどうにもならないのは、なんとなくわかる。

「――すまない」

萎《しお》れた様子で再びディエゴに謝られ、ジルはまた胸がつかえるのを感じた。悲しいのに似ている。


「私こそ、ごめんなさい。わがままを言ったから、あなたまで苦しませてる」

「頼るのはわがままとは言わない。俺はいいんだ」

ディエゴはためらいがちにジルの手を取った。励ますように握りしめられて、ため息がこぼれる。


「こういうとき——オメガは、どうするのが正解なんでしょう」

「正解？」

「普通なら、あなたに抱いてくださいって言うのが、正しいのかな」

「………ジル」

「それとも、あなたが望まないって知ってるんだから、ひとりにしてもらって耐えるのが、正解ですか？」

「ジル」

遮るように名前を呼ばれても、うわごとのような声はとまらなかった。

「わからないんだ、ディエゴ。私は、どうしたら、いいのか」

「それなら、俺だってアルファはどうすれば正解なのか知りたい」

言い返したディエゴの声は苛立った響きだった。直後に恥じたように、すぐに言い直す。

「いや、すまない。戸惑いが大きいのはジルのほうなのに」

そっと握った手に力が込められた。

「正直に言うと、――正解じゃなくても、俺はきみに触れたい」

苦しげに掠《かす》れた声に、ジルはどきりとした。

初めて聞く声だった。低くて、奥に欲を秘めた声色。つながれた手は熱く、彼に押し倒された夜を思い出す。

「……っ」

ざわっ、と肌が粟立って、ジルは身震いした。胃を握られるような緊張はあの日と同じだ。

だが、いやな気持ちはしなかった。

むしろ、つないだ手を離してほしくない。

このまま、あたたかい毛並みに覆われた身体に包まれて、寄り添っていてほしい。星を見たときのようにすっぽりと抱かれたら――この不安で仕方ない心も、きっと安堵《あんど》できる。

こんなふうに思ってしまうのも、発情のせいなのだろうか。

ぼんやりと考えるジルの手を離さないまま、ディエゴはせわしなく続けた。

「もちろん、触れたいというのは、俺の勝手な考えだ。無理強いはしない」

「……わかって、ます」

「発情にあてられているのも否定はしない。だが、それを抜きにしても俺は――きみを、好ましく思っているんだと、思う」

ディエゴはそう言うとじんわり顔を赤くした。

「潔くないな。きみのことは、好ましい。ジルがいやなのは承知している。約束を違えるつもりもない。ただ、俺の気持ちとしては、ということだ」

フェロモンの影響が強いのだろう。言い訳のように言葉を重ねながら、ディエゴは息をきらせていた。ジルの手を握っていない左手は、何度も握ったりひらいたりしている。

見ていると泣きたいような、笑いたいような気持ちが込み上げた。

「こんなときに、どさくさに紛れて告白ですか」

このひとなら、と思える。

このひとになら、かまわない。

――このひとに、ふれられたい。

甘えたいと思うのも、支えられたいと思うのも初めてなら――楽にしてあげたい、と思う相手も初めてだった。

「いいですよ、我慢しなくて」

熱っぽい吐息と一緒につぶやいて、ジルは自分から手を握り返した。

ジル、と信じられないように目を見ひらくディエゴを見上げる。

(……本能が一番強いこんなときも、選ばせてくれるひとだもの)

震える手を、彼に向かって差し伸べるのだけは、少し勇気が必要だった。けれど、一度抱きついてしまえば、頼む言葉は自然に溢れた。

「ディエゴ。——あたためて……」

あの夜のふたり
羽純ハナ
ディエゴ
今日はとっても楽しかったです
人も食べ物も景色も本当に素敵で…！良い所ですね
あぁ…契約もうまくまとまったし
これからの取引が楽しみだ

でも…私なんかがついて来てよかったのかな…
ディエゴは仕事をしに来ているのに…
問題ない
くす
ジルが美味い美味いと葡萄酒を飲んでいるのを見て皆喜んでいた
かぁ……
!!
あれは…!
俺より飲んでいたんじゃないか?
だって…本当に美味しかったんです
こうしてディエゴが連れてきてくれたから余計に…

ぴんっ
…そうか
それは良かった
うん
フワ
フワ
チラ…
ぱっ

じゃぁ
おやすみなさい
また明日
……っ
ジル！
…はい？
どうも飲み足りなくて…
良かったら…
俺の部屋でもう少し飲まないか？
付き合ってくれると嬉しいんだが
！

もちろん！
キレイだな…
よく見ると
色もなんだか
違う気がする…
こんなに
美味しいのは
品種のせい？
それもあるが
ここの気候も
関係している
だろうな
そうなんですね

自分で飲むためだけに
葡萄畑を作るなら
どれくらいの広さが
必要かな？
ははっ
明日聞いてみるか
ガタ
…そろそろ
部屋に戻りますね
付き合わせて
悪かった
いいんです
フラ…
私ももっと
飲みたいなって
思ってたか
ガッ

わっ…
ジル!!
ドサ…
……っ

大丈夫か？
フゥ…
…ん…
どこも打って
いないと思うが…
少し飲みすぎた
ようだな
ビクッ
……

ジル…？
モフ
モフ
ディエゴ
とても良い香りがする…
気持ちいい
ドキッ
……！

ぶ…
葡萄酒を飲んで
体温が上がっているせいかもしれないな
そうかも
フワー
いつもより
温かくて――
切ない香り…

キュ…
——…
…ジル
ジル？
眠ったのか？
すー
すー…

君からも
切ない香りがする

GARLAND JUJIN OMEGAVERSE

恋をして、

本当の自由を知ってしまった――。

ただ苦しくなるだけなのに。

ガーランド

- 獣人オメガバース -

下巻［完結］

12月20日頃発売

YUYU AOI and HANA HASUMI

この本をお買い上げいただきましてありがとうございます。
ご意見・ご感想・ファンレターをお待ちしております。

<あて先>
〒170-0013
東京都豊島区東池袋3-22-17 東池袋セントラルプレイス5F
(株)フロンティアワークス　ダリア編集部
感想係、または「葵居ゆゆ先生」「羽純ハナ先生」係

初出一覧

ガーランド -獣人オメガバース- 上
描き下ろし

Daria Series
ガーランド -獣人オメガバース- 上

2019年11月20日　第一刷発行

著　者 —— 葵居ゆゆ　原作・イラスト／羽純ハナ

発行者 —— 辻 政英

発行所 —— 株式会社フロンティアワークス
〒170-0013 東京都豊島区東池袋3-22-17
東池袋セントラルプレイス5F
[営業] TEL 03-5957-1030
[編集] TEL 03-5957-1044
http://www.fwinc.jp/daria/

印刷所 —— 図書印刷株式会社

装　丁 —— nob